叶圣陶精读

谢冕 主编

解玺璋 副主编

叶圣陶 著

读者出版社

目　录

叶圣陶精读

小白船

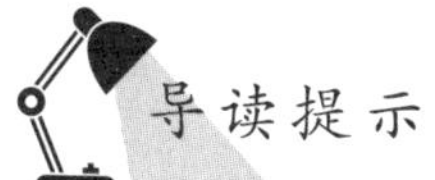

《小白船》创作于20世纪20年代，是叶圣陶早期作品的代表。

《小白船》描绘出来的画面充满了童趣，人物形象善良、美好，人物之间的对话纯真、质朴，再加上优美的自然景观，仿佛带领读者走进了一个童话世界，让心灵得到一种洗涤和升华。

一条小溪是各种可爱的东西的家。小红花站在那儿，只顾微笑，有时还跳起好看的舞来。绿色的草上缀着露珠，好像仙人的衣服，耀得人眼花。水面上铺着青色的萍叶，矗起一朵朵黄色的萍花，好像热带地方的睡莲——可以说是小人国里的睡莲。小鱼儿成群地来来往往，细得像绣花针，只有两颗大眼珠闪闪发光。青蛙老瞪着眼睛，不知守在那儿干什么，也许在等待他的好朋友。

水面上有极轻微的声音，是鱼儿在奏乐，他们会用他们的

特别的方法，奏出奇妙的音乐来："泼刺……泼刺……"好听极了。他们邀小红花跟他们一起跳舞；绿萍要炫耀自己的美丽的衣服，也跟了上来。小人国里的睡莲高兴得轻轻地抖动，青蛙看呆了，不知不觉随口唱起歌儿来。

小溪上的一切东西更加有趣更加可爱了。

小溪的右岸停着一条小小的船。这是一条很可爱的小船，船身是白的，它的舵和桨，它的帆，也都是白的；形状像一支梭子，又狭又长。胖子是不配乘这条船的。胖子一跨上船，船身一侧，就掉进水里去了。老人也不配乘这条船。老人脸色黝黑，额角上布满了皱纹，坐在小船上，被美丽的白色一衬托，老人会羞得没处躲藏了。这条小船只配给活泼美丽的小孩儿乘。

真有两个孩子向溪边走来了。一个是男孩儿，穿着白色的衣服，脸色红得像个苹果。一个是女孩儿，穿着很淡的天蓝色的衣服，脸色也很红润，而且更加细嫩。他们俩手牵着手，用轻快的步子穿过了小树林，来到小溪边上，跨上了小白船。小白船稳稳地载着他们两个，略微摆了两下，好像有点儿骄傲。

男孩儿说："咱们在这儿坐一会儿吧。"

"好，咱们看看小鱼儿。"女孩儿靠船舷回答。

小鱼儿依旧奏他们的音乐，青蛙依旧唱他的歌。男孩儿摘了一朵萍花，插在女孩儿的辫子上。他看着笑了起来，说："你真像个新娘子了。"

女孩儿好像没听见，她拉了拉男孩儿的衣袖，说："咱们来唱《鱼儿歌》，咱们一同唱。"

他们唱起歌儿来：

鱼儿来，鱼儿来，
我们没有网，我们没有钩儿。
我们唱好听的歌，
愿意跟你们一块玩儿。

鱼儿来，鱼儿来，
我们没有网，我们没有钩儿。
我们采好看的花，
愿意跟你们一块玩儿。

鱼儿来，鱼儿来，
我们没有网，我们没有钩儿。
我们有快乐的一切，
愿意跟你们一块玩儿。

歌还没唱完，刮起大风来了，小溪两岸的花和草，跳舞的拍子越来越快了，水面上也起了波纹。男孩儿张起帆来，要乘风航行。女孩儿掌着舵，手按在舵把上，像个老船工。只见两岸的景物飞快地往后退，小白船像一条飞鱼，在小溪上一直向前飞。

风真急呀，两岸的景色都看不清楚了，只见一抹一抹的黑影向后闪过。船底下的水声盖过了一切声音。帆盛满了风，好像弥勒佛的大肚子。小白船不知要飞到哪儿去！两个孩子着慌了，航行了很久，不知到了什么地方。要让小白船停住，可是又办不到，小白船飞得正欢哩。

女孩儿哭了，她想起她的妈妈，想起她的小床，想起她的小黄猫，今天恐怕都见不着了。虽然有亲爱的小朋友跟她在一起，可是妈妈、小床、小黄猫，她都舍不得呀。

男孩儿给她理好被风吹散的头发，又用手擦她流下来的眼泪。他说："不要哭吧，好妹妹，一滴眼泪就像一滴甘露，你得爱惜呀。大风总有停止的时候，就像巨浪总有平静的时候一个样。"

女孩儿靠在他的肩膀上，哭个不停，好像一位悲伤的仙女。

男孩儿想办法让船停住。他叫女孩儿靠紧船舷，自己站了起来，左手拉住帆绳的活扣，右手拿着桨，他很快地抽开活扣，用桨顶住岸边。帆落下来了，小白船不再向前飞了。看看岸上，却是一片没有人的旷野。

两个孩子上了岸。风还像发了狂似的，大树摇得都有点儿累了。女孩儿才揩干眼泪，看看四面没有人，也没有房屋，眼泪又像泉水一样涌出来了。男孩儿安慰她说：“没有房屋，咱们有小白船呢。没有人，咱们两个在一起，不也很快活吗？咱们一同玩儿去吧！”

女孩儿跟着他一直向前走。风吹在身上有点儿冷，他们紧紧靠在一起，互相用手搂住腰。走了几百步远，他们看见一棵野柿子树，树上熟透的柿子好像无数的玛瑙球，有的落在地上。女孩儿拾起一个，掰开来一尝，甜极了，她就叫男孩儿也拾来吃。

他们俩坐在地上吃柿子，把一切都忘记了。忽然从矮树丛里跑出一只小白兔来，到了他们跟前就伏着不动了。女孩儿把他抱在怀里，抚摩他的柔软的毛。男孩儿笑着说：“咱们又有了一个同伴，更不寂寞了。”他掰开一个柿子喂给小白兔吃，红色的果浆涂了小白兔一脸。

远远的有个人跑来了，身子特别高，脸长得很可怕。他看见小白兔在他们身边，就板起了脸，说他们偷了他的小白兔。

男孩儿急忙辩白说：“他是自己跑来的。我们喜欢他。一切可爱的东西，我们都爱。”

那个人点点头说：“既然这样，我也不怪你们。把小白兔还给我就是了。”

女孩儿舍不得，把小白兔抱得更紧了，脸贴着他的白毛，好像要哭出来了。那个人全不理会，伸手就把小白兔夺走了。

这时候，风渐渐缓和了。男孩儿想，既然遇到了人，为什么不问一问呢？他就问那个人，这儿离家有多远，该从哪条河走。

那个人说："你们家离这儿二十多里呢，河水曲折，你们一定认不得回去的路了。我可以送你们回去。"

女孩儿快活极了，她想：这个人长得可怕，心肠原来很慈善，就央告说："咱们快上船吧，妈妈和小黄猫都在等着我们呢！"

那个人说："这可不成。我送你们回去，你们用什么酬谢我呢？"

男孩儿说："我送给你一幅美丽的图画。"

女孩儿说："我送给你一束波斯菊，红的白的都有，真好看呢！"

那个人摇头说："我什么也不要。我有三个问题，你们能回答出来，我就送你们回去，要是答不出来，我抱着小白兔就自己走了。你们愿意吗？"

"愿意。"他们一同回答。

那个人说："第一个问题，鸟儿为什么要唱歌？"

"他们要唱给爱他们的人听。"女孩儿抢先回答。

那个人点点头说："算你答得不错。第二个问题，花儿为

什么香？”

男孩儿回答说：“香就是善，花是善的标志。”

那个人拍手说：“有意思。第三个问题是，为什么你们乘的是小白船？”

女孩儿举起右手，好像在课堂上回答老师似的：“因为我们纯洁，只有小白船才配让我们乘。”

那个人大笑起来，他说：“好，我送你们回去。”

两个孩子高兴极了。他们互相抱着，亲了一亲，就跑回小白船。

仍旧是女孩儿掌舵，男孩儿和那个人各划一支桨。女孩子看着两岸的红树、草屋、田地，都像神仙的世界，更使她满意的是那只小白兔没有离开她，这时候就在她脚边。她伸手采了一支蓼花让他咬，逗着他玩。

男孩儿说：“没有这场大风，就没有此刻的快乐。”

女孩儿说：“要是咱们不能回答他的问题，此刻还有快乐吗？”

那个人划着桨，看着他们微笑，只不开口。

等到小白船回到原来停泊的地方，小红花和绿叶早已停止了跳舞，萍叶盖着睡熟了的小鱼儿，只有青蛙还在不停地歌唱。

1921年11月15日写毕

读与思

童话里的世界纯真、质朴、美好，充满了对于美的想象和向往。有人说，每个人心中都藏着一个童话的世界。你童话里的世界是什么样子的？都有哪些人物？发生了什么样的故事？快来和同学们交流讨论一下吧。

地球

叶圣陶先生的儿童文学作品，充满了纯真、稚拙，充满童趣、以善为美的特质，特别是在早期的一些作品中显得尤为明显，在这篇《地球》中，也有很好的代表和呈现。

虽然文中有批判，但笔调柔和、温情，循循善诱，让读者在反思的同时，也带给读者以爱的熏陶和美的享受。

很久很久以前，大地光滑浑圆，跟皮球一个样儿。

为什么后来会有高高的山，山下有平地，更有凹下去的盛满了水的海呢?

当初，人们生活在地球上，大家都很安乐。饿了，他们采树上的鲜果吃。鲜果好看极了，拿在手里就让人忘了饥饿；味道又香又甜，吃到嘴里有没法形容的快活。

人们闲着没事做，到处开唱歌会跳舞会。不光人们，鸟呀，树林呀，风呀，泉水呀，也一同唱歌；野兽呀，大树呀，

草呀，星星呀，也跟着跳舞。

人们热闹极了，开心极了；他们不懂得忧愁，从来不啼哭。他们疲倦了就躺在地面上，月亮像一位和善的老太太，用银色的光辉照在他们的脸上。你可以看到他们做着梦，还在开心地笑呢！

忽然从云端里吹来几阵风，把树上的叶子全给吹了下来。人们开始吃惊了，害怕了，他们看到所有的树都只剩下光干，连一个果子也没有了，肚子要是饿起来，这日子怎么过呢？

唱歌会停止了，跳舞会停止了，大家喊道：

“困难的日子到了！困难的日子到了！你们没瞧见吗，树上连一个果子也没有了？”

“咱们吃什么呢？咱们吃什么呢？肚子饿起来，咱们怎么办？”

“大家快想办法呀！大家快想办法呀！挨饿可不是好受的。”

聪明的人想出办法来了。他们说：“靠果子过日子是靠不住的。咱们会有东西吃的，咱们耕种，咱们收割，咱们把收割下来的东西储藏起来，要吃的时候就拿出来吃，咱们就不会挨饿了。现在只要大家都来耕种。”

大家听了一齐拍手欢呼。他们说：“咱们得救了！咱们不怕挨饿了！大家都来耕种呀！”

他们一边高呼，一边举起锄头，就在自己站着的地方耕种。但是有些柔弱的人，他们拿不动锄头，只好站在一旁呆看。想到自己不久就要挨饿了，他们要求耕种的人说：“你们种出了东西来，分点儿给我们吃吧。咱们是好朋友，你们应该可怜我们，我们拿不动锄头呀。”

拿锄头的人想，分点儿给他们，这还不容易。种出来的东西多了，吃不完堆积起来有什么用呢？他们很痛快地答应了。到了收获的季节，稻呀麦呀，都分给他们每人一份，跟拿锄头耕种的人一样多。

耕种的时候总要拣去一些僵土和石块。大家看那些柔弱的人站的地方反正空着，就把拣出来的僵土、石块往那里扔。僵土和石块堆高一点儿，那些柔弱的人就往高里站一点儿。他们好像泛在水缸里的泡沫，水尽管一桶一桶往缸里倒，泡沫总浮在水面上。

拿锄头的人仍旧把耕种出来的东西分给柔弱的人吃，仍旧每人一份。可是要分给他们，不像先前那样便当了，要背着稻呀麦呀，爬上土石堆。土石堆越来越高，稻呀麦呀变得越来越重，压得他们背都弯了，胸口几乎碰着了膝盖。他们像拉风箱似的喘着气，一步一步往土石堆上爬，汗跟泉水一般从每一个汗毛孔里流出来。他们唱着歌，忘记了劳累。他们是这样唱的：

他们是我们的好朋友，我们的好朋友。
他们拿不动锄头，我们拿得动锄头。
分给他们一份稻，分给他们一份麦。
反正我们有力气，应该帮助好朋友。

柔弱的人接了礼物，懒懒地吃；才吃完一份，第二份又送来了，送第三份、第四份的人背着东西，正跟牛马一样爬上来呢。他们向下望，土石堆上已经给踏出了一条路，背着东西的人脚尖接着脚跟，一摇一晃地在向上爬，真有点儿傻劲。他们看着，又白又瘦的脸上现出冷淡的微笑。

可是不好了，拿锄头的人耕种的地方，有几处忽然积了许多水，不能耕种了。水是从哪里来的呢？聪明的人考查出来了，他们说：“你们看柔弱的人站着的土石堆，让咱们踩得往下凹的那条路上，不是涓涓不绝地有水在流下来吗？水冲在石头上，不是激起了浪花么？水就是从土石堆上流下来的。如果追根究底，那么咱们的身体就是最初的泉源；咱们把东西送上去的时候，每一个汗毛孔就是一个泉眼。”

聪明的人说得不错，但是有水的地方不能耕种了，怎么办呢？只好大家挤紧一点儿，在还没被水淹的地方耕种。

过了一年又一年，拿锄头的人努力耕种，不断地把东西送上土石堆去。他们的汗水渗进土里，胶住了石块。汗水富有滋养料，土石堆上于是长出了青青的草、绿油油的树。柔弱的人闲着没事干，眯起深陷的眼睛看着。他们赞美说：“这里应当叫作山。你们看，山上的景致多么好，美丽极了。”

山的周围，僵土、石块越堆越多，山就越来越高，爬上去送东西越来越吃力，他们的汗水流得更多了。汗水不停地从山上流下来，地面积水的范围自然越来越扩大，可以耕种的地方

自然越来越少了。拿锄头的人只好挤得更紧了。

到了后来，拿锄头的人实在觉得不能再往山上送东西了，再送就会耽误了耕种的季节。他们同柔弱的人商量说："我们实在没有工夫再给你们送东西了，这山路太长了。你们自己下山来取吧，反正你们闲着没事干。"

柔弱的人摇摇头，他们有气无力地说："我们这样柔弱，哪能背东西上山呢？你们要可怜我们，帮忙帮到底。咱们是最好最好的好朋友呢！"

拿锄头的人看他们满脸愁容，眼角上似乎挂着泪水，心就软了，对他们说："既然这样，仍旧照老样子，东西由我们送上山来。我们有一天力气就耕种一天，帮助你们一天。你们放心吧，不用犯愁，没事儿就望望山景吧！"

可是耕种的地方越来越少，拿锄头的人挤得越来越紧，种出来的东西却不会因此而增多。有的人上山去送东西，回来的时候疲乏不堪，又错过了耕种的季节，原先归他们耕种的地方就此荒芜了。别人只好把自己分内的东西省出一部分来分给他们，使他们不至于挨饿。

情形看来越来越糟，大家的土地都有点儿荒芜的样子，但是大家还凑出东西来送上山去，分给柔弱的人的东西还跟分给大家的一样多。本来吃不饱，又要背着沉重的东西爬这样陡的山路，他们累极了，身上瘦得只剩了一层皮，脸上全是皱纹，背给压弯了，声音也变得又沙又哑。要是说他们曾经是唱歌的

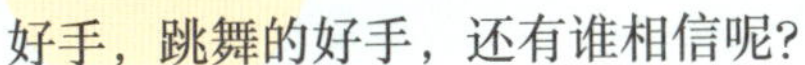

好手，跳舞的好手，还有谁相信呢?

有的人因为又饿又累，病倒了，几乎死掉。他们的慈祥的母亲忍不住哭了，眼泪像线一样直往下流，流向水淹的地方。水淹的地方不断地扩大，起风的时候，涌起的波浪像山一样高。

慈祥的母亲望着汹涌的波涛说："这里应当叫作海。海里的水是咸的，都是我的眼泪和孩子的汗水。"

所以即使天朗气清，你到海边去，总可以听到波浪在呜咽着，在诉说悲哀。

前面说的就是地球上怎么会有山有海有平地的故事。你要是问，山上的那些柔弱的人现在到哪里去了呢？我可以告诉你，他们太柔弱了，子子孙孙一代一代传下来，身子越来越小，现在已经小到咱们的目力没法看清的程度。其实小草的根、大树的皮，都是他们寄居的地方。他们再这样一代小于一代，总有一天会从地球上消失的。

1921年12月25日写毕

读与思 

人都是不完美的，在面对困难的时候，采取什么样的态度，决定了人会有什么样的厚度。古人说勤能补拙，勤劳的人不管遇到什么困难都会想办法去克服，懒惰的人总会找各种各样的理由去逃避。勤劳的人会得到很多收获，而懒惰的人到最后两手空空。同学们，你愿意选择哪一种呢？

芳儿的梦

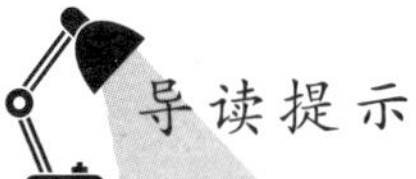

导读提示

芳儿的妈妈快要过生日了，芳儿想要给妈妈送一个非常独特的礼物。你的生活里是不是也会有这样的问题？在《芳儿的梦》一文中，就是这样的线索贯穿了全文。最后，芳儿终于找到了一件最独特的礼物——用星星串成的项链。多么纯洁而又富有童趣的礼物啊，将芳儿对妈妈的“比海还深的爱”表达得淋漓尽致。

茅盾认为：儿童文学应当助长儿童本性上的美质。这篇文章恰好体现了儿童本性的美。

芳儿看姊姊采了许多许多凤仙花，白的，红的，绯色的，撒锦的，用细线把花扎起来，扎成了一个又大又圆的球。姊姊把大花球挂在窗前，看着它只是笑。大花球摇摇晃晃，花瓣儿微微抖动，好像害羞似的。芳儿想：“这个花球跟学生们踢的皮球差不多大，挂在窗前干什么呢？凤仙的枝上要是能开这样

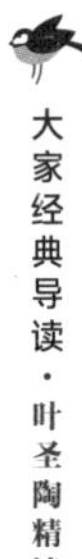

大的花球就好了，我就可以把它当皮球踢了。姊姊只是看着它笑，难道花球会飞到天上去吗？”

芳儿正想着出神，姊姊问他说：“明天妈妈生日，你送什么东西给她做礼物呢？你看我这花球多么好！花是我种的，也是我采的。我把它扎成了这样一个花球。妈妈看了，一定说我能干，说我爱她。”

芳儿想：“姊姊有礼物，我自然也要送给妈妈一件礼物。我的礼物一定要比她的好。送一只小猎狗吧？不行，小猎狗是妈妈给我的，怎么能送还给妈妈呢？送积木吧？不行。积木是舅舅给的，还是妈妈给带回来的呢，怎么能送给妈妈呢？送一朵大理花吧？也不行。姊姊送了凤仙花球，我也送花，不是跟姊姊的礼物相重了吗？”

芳儿心里不自在起来。他不看姊姊扎的花球了，低着头坐在小椅子上默默地想。他想到树林里的香草，山坡上的小石子儿，溪边的翠鸟，小河里的金鱼；他想到家里所有的一切东西，街上所有的一切东西，野外所有的一切东西，想来想去都不合适，都不配送给妈妈做生日的礼物。他要找一件非常稀罕的、独一无二的东西，拿来送给妈妈。这样才能让妈妈得到连做梦也想不到的欢喜，才能表达对妈妈的比海还深的爱。

但是这件东西在哪里呢？

月亮升起来得真早啊，她躲在屋角后边偷偷地瞧着芳儿呢。院子的一个角落亮起来了，缠绕在篱笆上的茑萝也发出光彩了。白天看那茑萝，就像姊姊的新衣裳似的，嫩绿的底子绣上了许多小红花；现在颜色变了，都涂上了一层银色的光。

芳儿感觉到月亮在偷看他，不由得抬起头来。他说：“月亮姊姊，你来得好早。我要送一件东西给妈妈，做她生日的礼物。这件东西要非常美丽，非常难得，要让妈妈能得到连做梦也想不到的欢喜，要能表达我对妈妈的比海还深的爱。聪明的月亮姊姊，你一定知道这是一件什么东西，请告诉我吧！”

月亮只是对着芳儿微笑。她越走越近了，全身射出活泼的光。

月亮身边浮着些儿淡淡的微云，他们穿着又轻又白的衣裳，飘呀飘呀，好像跳舞的女郎。他们怕月亮寂寞，所以陪着她；他们怕月亮力乏，所以托着她。

芳儿把他的心事告诉给云，恳求他们说：“云哥哥，你们伴着月亮出来玩儿吗？我要送一件东西给妈妈，做她生日的礼物。这件东西要非常美丽，非常难得，要让妈妈能得到连做梦也想不到的欢喜，要能表达我对妈妈的比海还深的爱。聪明的云哥哥，你们一定知道这是一件什么东西，请告诉我吧！”

云哥哥们只是拥着月亮姐姐，在深蓝色的天幕上一边跳舞，一边前进。

芳儿想，他们玩儿得太高兴了，高兴得没听到他在说话。

他就把小椅子搬到了院子里，索性坐下来看他们跳舞。起先，月亮姊姊跳的是节奏很快的小步舞，云哥哥们紧紧地追随着，又轻又白的衣裳都飘了起来，更加好看了。后来，月亮姊姊好像疲倦了，在中天站住了。云哥哥们围绕着她，缓慢地兜着圈子，衣裳渐渐垂下来了。

芳儿趁这个时候，把他的心事又说了一遍，恳求月亮姊姊和云哥哥们给他指点。他留心看天上，月亮姊姊和云哥哥们真个听见了他的话了。月亮姊姊露着笑脸，看着身边；云哥哥们从宽大的白衣袖里伸出手来，指着身边。他们身边有无数灿烂的星星，原来他们指的就是星星。

芳儿快活极了，他明白了："这才是最美妙的礼物呢。月亮姊姊和云哥哥们真聪明呀！姊姊送给妈妈一个花球，我送给妈妈一个星星串成的项链。明天，我要把星星项链亲手挂在妈妈的脖子上，让无数耀眼的光从妈妈身上射出来，不是非常美丽吗？人家的妈妈戴珍珠串成的项链，戴宝石串成的项链，都是人间有的东西。我送给妈妈的，却是一个星星串成的项链，不是非常稀罕吗？我把这样的一个项链挂在妈妈的脖子上，妈妈自然欢喜得连做梦也想不到。别人当然想不到送这样的礼物，只有我送这样的礼物，因为我爱妈妈爱得比海还深。"

芳儿谢谢月亮姊姊，谢谢云哥哥们，对他们说："祝愿你们永远美丽，永远快乐，永远笑，永远跳舞，永远帮助我，告诉我我所想不到的一切事儿。”

这时候，芳儿的姊姊也到院子里来乘凉了。她端一张藤椅，坐在芳儿旁边，脸上还带着笑。她正在想，凤仙花球多么美丽，妈妈见了会怎样欢喜。

芳儿拿姊姊的手轻轻地贴在自己的脸上，看着姊姊说：“我已经想到了送给妈妈的礼物。好极了，比你的凤仙花球好几百倍。我现在不告诉你。”

“什么好东西？好弟弟，快说给我听吧。”

“我不说，明天你看就是了。这个东西近在眼前，远在天边，没有什么比它更美丽的了，谁都不曾有过。”

芳儿不说，姊姊只好猜。她猜了许许多多东西，香草、小石子儿、翠鸟、金鱼，家里所有的一切东西，街上所有的一切东西，野外所有的一切东西，她都猜遍了。芳儿只是笑，只是摇头。姊姊急了，双手合十，央求他说：“拜托你，好弟弟，你告诉了我吧。我一定不告诉别人。夜晚睡了，我连枕头也不告诉。好弟弟，快说吧！”

芳儿说：“你一定要我说，得先依我一件事儿。咱们俩先跳一会儿绳。跳过绳，我再告诉你。”

姊姊就和芳儿一同跳起绳来。月亮从头顶上射下来，院子里一片银光，他们俩全身浴在银光里，两个短短的影子在地上

舞动，姊姊的头发飘了起来，影子更加好看了。他们先把绳子向前摔，再把绳子向后摔，最后俩人并排一起跳。四只小小的脚像燕子点水似的，刚着地又离开了地面。绳子在脚底下一闪而过，几乎分辨不清。他们俩好像被包在一个透明的大圆球里。

姊姊喘息了，芳儿也满脸是汗，他们才停了下来。芳儿坐在小椅子上用手拭脸上的汗。姊姊催他说："我依了你了，现在你好说了，究竟是什么东西？"

芳儿凑在姊姊的耳边说："我的礼物是星星串成的项链。"

芳儿睡在雪白的罗帐里，睡得很熟，脸上好像在笑，呼吸很均匀。他应当有一个可爱的梦。

他起来了，是月亮姊姊催他起来的。月亮姊姊穿了一身淡蓝色的衣裳，笑的时候露出银色的牙齿。芳儿觉得她可爱极了，就投到了她的怀里。月亮姊姊拍拍他的背，对他说："你忘记了要送给妈妈的礼物了吗？跟着我去吧，我带你去取。"

芳儿非常感激月亮姊姊，催她快点儿动身。月亮姊姊牵着芳儿的手，一同轻轻地飘起来了。虽然离开了地面在空中迈步，芳儿觉得两只脚仍旧像踏在地面上似的。向下边望，地面上的一切都睡着了，盖着一条无边无际的银被。再看月亮姊姊，她那淡蓝色的衣裳被风吹得飘了起来，真是一位仙女。

芳儿的步子越迈越快，好像不费一点儿力气。星星就在他身边了，一颗颗都像荔枝那么大，光亮耀得他眼睛都花了。他已经来到星星的群中，前后左右都是星星；他好像走进了一座结满果子的树林，只要一伸手，就可以摘到；再看看自己，自己被星星照得通身透亮。他快乐极了，就动手摘起星星来。

星星轻得几乎没有分量，摘起来挺容易，他一连摘了几百颗，用衣裳兜着，快要兜满了。月亮姊姊送给他一条美丽的丝绳，还帮他把一颗颗星星贯串起来，串成项链。

这样美丽的项链，世界上从来没有过，现在却在芳儿手里。他要把这样一条项链送给妈妈，作为妈妈生日的礼物。

芳儿心里想的，就是要让妈妈得到连做梦也想不到的欢喜，就是要表达他对妈妈的比海还深的爱。他捧着星星项链，飞奔回家，刚跨进门就大声喊："妈妈！妈妈！您在哪里？我送给您一件礼物，最最美丽的礼物，最最稀罕的礼物。"

妈妈跑出来，把芳儿抱在怀里。芳儿举起双臂，把星星项链挂在妈妈的脖子上。无法形容的透亮的光，从妈妈身上射出来，妈妈就成了一位仙女了。芳儿自己不也成了个小仙人了吗？看着妈妈脸上的慈祥的笑，芳儿快活得手舞足蹈起来。

芳儿的手和腿一动，他的梦就醒了。妈妈正伏在他的枕头旁边，脸上的慈祥的笑，正跟芳儿在梦中看到的一个模样。

1921年12月26日写毕

读与思

孩子对妈妈的爱是最纯真、最美好的，而妈妈对孩子的爱则更加无私、宽广。芳儿从梦中醒来时，看到了人世间最美的笑容，就是妈妈脸上慈祥的笑。想想看，妈妈对你的爱有哪些？你又回报给了妈妈哪些爱呢？

梧桐子

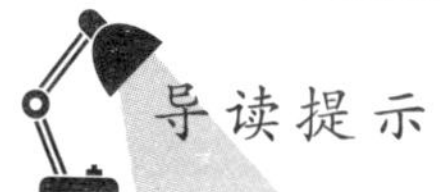

一粒梧桐子离开梧桐树，想要去看看外面的世界，于是展开了一场浪漫又惊险的冒险之旅。叶圣陶用散文诗般的优美语言，采用第一视角将梧桐子惊心动魄的历程娓娓道来，读者仿佛亲历一般，随之期盼、担忧、兴奋、欣喜……

在这个童话的世界里，十五六岁的姑娘、窗外的麻雀、脚下的小草和飞来飞去的燕子，梧桐子遇到的全都是善良与美好，带给读者浓浓的温情和暖意。

许多梧桐子，他们真快活呢。他们穿着碧绿的新衣，都站在窗沿上游戏。周围张着绿绸似的帷幕。一阵风吹来，绿绸似的帷幕飘动起来，像幽静的庭院。从帷幕的缝里，他们可以看见深蓝的天，看见天空中飞过的鸟儿，看见像仙人的衣裳似的白云；晚上，他们可以看见永远笑嘻嘻的月亮，看见俏皮的、眨着眼睛的星星，看见白玉的桥一般的银河，看见提着灯游行的萤火虫。他们看得高兴极了，轻轻地唱起歌来。这时候，隔壁的柿子也唱了，下面的秋海棠也唱了，石阶底下的蟋蟀也唱了。唱歌的时候有别人来应和，这是多么有趣呀，所以梧桐子们都很快活。

有一颗梧桐子，他不但喜欢看一切美丽的东西，唱种种快活的歌儿，他还想离开窗沿，出去游戏。他羡慕鸟儿，羡慕白云，羡慕萤火虫。他想，要是能跟他们一个样到处飞，一定可以看到更多的美丽的东西，唱出更多的快活的歌儿。离开窗沿并不难办，只要一飞就飞出去了。他于是跟母亲说："我要出去游戏，到处飞行，像鸟儿那样，像白云那样，像萤火虫那样，我就可以看到更多的美丽的东西，唱出更多的快活的歌儿。回来的时候，我把看到的一切都讲给您听，给您唱许多许多快活的歌儿。"

他的母亲摇了摇头，身子也摆了几摆，和蔼地对他说："你应该出去旅行，哪有不让你去的道理呢？可是现在，你的身体还不够强壮，再等些时候吧！"

他听了不再作声，心里可不大高兴。他觉得自己已经很胖很结实了，一定是母亲不放他走，什么身体不够强壮，不过是推托的话罢了。他决定不告诉母亲，自个儿偷偷地飞开去。可是飞到了外边，会不会遇上什么困难呢？独自旅行，能不能找到同伴呢？一想到这些，都教他担心害怕。他于是对哥哥们弟弟们说："你们羡慕鸟儿吗？羡慕白云吗？羡慕萤火虫吗？你们想看到更美丽的东西吗？想唱出更快活的歌儿吗？这些都是做得到的，只要你们跟我走。我们就可以跟鸟儿一个样，跟白云一个样，跟萤火虫一个样，到处旅行。”

哥哥弟弟的性情都跟他差不多，谁不喜欢出去旅行，看看广阔的世界？他们都拍着手喊起来：“咱们快走吧！咱们快走吧！”

他们换上了褐色的旅行服，站在窗沿下准备着。这时候，绿绸似的帷幕变成黄锦似的了，而且少了许多，变得稀稀朗朗的，因为太阳不太热了。风从稀朗的帷幕间吹来，梧桐子们借着风的力量，都想离开窗沿。大家把身子摇了几摇，还站在窗沿上。只有一颗，就是最先想到要离开的一颗，独自一个飞走了。他多么高兴呀，自以为领了头，带着哥哥们弟弟们到广阔的世界里去旅行了。

他头也不回，只顾往前飞，一会儿高一会儿低。后来，他觉得有点儿力乏了，才回过头去招呼哥哥们弟弟们。啊呀，不好了，他们都飞到哪儿去了呢？他心里一慌，身子就笔直往下掉；头脑里迷迷糊糊的，不知落在了什么地方。

他渐渐清醒过来，看看周围，原来他落在田边上，一个十五六岁的姑娘正在栽菜秧。他才想起了哥哥弟弟，他们不知道在什么时候离开了他。现在要找他们，实在太不容易了。要是找不着他们，独自一个去旅行，他可有点儿不敢。他们总在附近吧，还是飞起来找一找吧。哪儿知道他一动也不能动。他着急了，急得流出了眼泪来，向周围看看，只有一位姑娘。他想，那位姑娘也许能帮他点儿忙吧！

他带着哭声说："姑娘，您看见我的哥哥弟弟了吗？他们到哪里去了？请您告诉我，可爱的姑娘。"

姑娘只管栽她的菜秧，好像没听见他的话。栽完了六畦，她穿上放在田边的青布衫，两只手扣着纽扣，忽然看见了落在地上的梧桐子，就把他拾了起来。

他在姑娘的手心里，手心又柔软又暖和，真舒服极了。他不再哭了，心里想："这位姑娘真可爱，她一定知道我的哥哥弟弟在哪里，一定会把我送到他们身边去的。"

姑娘回到自己家里，把他放在靠窗的桌子上。他以为来到哥哥们弟弟们中间了，急忙向周围看，却一个也没有。他又犯愁了，高声喊："姑娘，我不要留在这里，我要找我的哥哥们弟弟们。请您赶快把我送到他们身边去吧！"

姑娘不理睬他，管自掸去衣裳上的尘土，然后走到窗前，把他拣了起来，用手指捻着玩儿。他好像在摇篮里似的，身子摇来摇去，觉得很舒服。姑娘捻了一会儿，把他扔起来，用手接住，接了又扔，扔了又接。他一忽儿升起来，一忽儿往下落，又快又稳，也非常有趣。可是一想起哥哥弟弟，不知道他们现在在哪儿，心里又很不自在。

姑娘听见她母亲在叫唤了，把他放在靠窗的桌子上就走了。他想：姑娘一走，他更没有希望了。当初站在家里的窗沿

上，以为一离开家，要到哪里就到哪里，自由极了。哪里想到现在自己做不得主，一动也不能动，不要说到处旅行了，就是想回家去看看母亲，打听一下哥哥们弟弟们的消息，也办不到。他无法可想，只好对着淡淡的阳光叹气。他懊悔没听母亲的话，母亲早跟他说了，“等你身体强壮了，你就可以离开家了”。身体强壮了，一定可以自由自在地到处飞了；可是现在，懊悔也来不及了。

窗外飞来一只麻雀，落在桌子上，侧着脑袋对他看了又看，两只小脚跳跃着，“居且居且”地叫了。他想，麻雀或者知道哥哥们弟弟们的消息，就求他说：“麻雀哥哥，您看见了我的哥哥弟弟吗？他们到哪里去了呢？请您告诉我，可爱的麻雀哥哥。”

麻雀侧着脑袋，又看了看他，跳跃着，又“居且居且”叫了，似乎没听见他的话。麻雀听了一会儿，一口衔住了他，向窗外飞去。

他在麻雀的嘴里，周身觉得很潮润，麻雀用舌头舔他，好像给他挠痒痒似的。他本来很渴了，身上又有点儿痒，所以感到很舒服。他想：“麻雀哥哥真可爱，他一定知道我的哥哥弟弟在哪里，一定会把我送到他们身边去的。”

不知道为什么，麻雀一张嘴，他就从半空里掉了下来。“不好了，又往下掉了，这一回可比前一回高得多，落到地上一定没有命了。我的母亲……”他还没想完，身子已经着地了，他吓得失去了知觉。

其实他好好的，正好落在又松又软的泥里。下了几天春雨，刮了几天春风，他醒过来了。看看自己身上，褐色的旅行服已经不在身上了，换上了一身绿色的新衣，比先前的更加鲜艳。看看周围的邻居，都是些小草，也穿着可爱的绿色的新衣。有了这许多新朋友，他不再觉得寂寞了，可是想起母亲，想起哥哥弟弟，不知道他们怎样了，心里就不大愉快。

他慢慢地长大了，周围的小草们本来跟他一般高，现在只能盖没他的脚背。他的身子很挺拔，站得笔直，真是个漂亮的小伙子。小草们都很羡慕他，跟他非常亲热。他们说："你是我们的领袖。你跳舞的时候，我们也跳；你唱歌的时候，我们也唱。可惜我们的身子太柔弱，姿势不如你好看；我们的嗓门也太细，声音不如你好听。这有什么要紧呢？我们中间有了个你，你是我们的领袖。"

他感谢小草们的好意，愿意尽力保护他们。刮狂风的时候，下暴雨的时候，他遮掩着小草们。

有一天，一只燕子飞来，歇在他的肩膀上。燕子本是当邮差的，所以他心里很高兴，就写了一封信交给燕子。他说："燕子哥哥，好心的邮差，我有一封信，是写给母亲和哥哥们弟弟们的。可是我不知道他们在什么地方。请您帮我打听吧；打听到了，就把我这封信给他们看，让他们都能看到。最好能带个回音给我。谢谢您，好心的燕子哥哥。"

燕子一口答应，把信带走了。没过一天，燕子背了一大口袋信回来了，对他说："你的信来了。他们都给你写了回信哩。"

他快活得不知道说什么好，只是嘻嘻地笑。先拆开母亲的信，他看信上说："得到了你的消息，我很快活。我现在很好。你的哥哥弟弟跟你一个样，也到别处去了。他们常常有信来。现在告诉你一件事儿，你一定会喜欢的，就是你又要有许多小弟弟了。"

他又拆开哥哥们弟弟们的回信。下面就是他们信上的话：

"那一天你太性急，独自一个先走了。没隔多久，我也离开了母亲，现在住在一个花园里。"

"我离开了母亲，落在人家的屋檐上。修房子的工匠把我扫了下来，我就在院子里住下了。"

"最有趣的是我到过一位小姑娘的嘴里，才停留了一分钟。"

"我的新衣服绿得美丽极了，你的是什么颜色的？"

"我将来也会有孩子的。希望有一天，你来看看你的侄子们。"

他看完信，心就安了。母亲和哥哥弟弟，他们都很好，用不着老挂念他们，只要隔几天写封信去问一问就好了。燕子天天来问他有没有信要送。

他很快活，至今还笔挺地站在那儿，身子只顾往高里长。

1921年12月28日写毕

读与思

一颗种子，离开了妈妈的怀抱，靠自己的力量在野外生存了下来，并长成了一棵梧桐树，这就是在我们的成长中需要的勇气和力量。我们也是一样，人总是要长大的，你愿意做温室里的花朵，还是成为暴风雨中的雄鹰？如果想要成为雄鹰，你需要做些什么呢？快来和同学们讨论一下吧。

旅行家

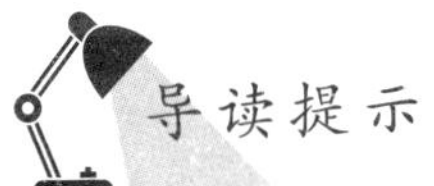

一个来自外星球的旅行家来到地球上，会发生怎样的故事呢？

新颖独特的构思、细腻逼真的描写是这篇《旅行家》最大的特点。

“地球上的人忘记了换东西的钱，和藏东西的箱子了”，体现了作者美好的遐想和寄托，提醒人们不要忘记对真善美的追求。

在很远很远的一个星球上，住着一位大旅行家。土星，木星，天王星，海王星，他都游历过了，回家休息了一年，觉得太闷气，又想出门游历。他就提起提包，离开了家。到什么地方去呢？总要找个有趣的地方才好呀。听说地球上有许许多多人，那些人都很聪明，想出了种种聪明的办法，造成了种种聪明的器具，过着很好的生活。他想，地球一定是个有趣的地方，不能不去看看。他就决定游历地球。

旅行家先寄了一封信到地球上，告诉地球上的人说，他要到地球游历。地球上的人立刻忙起来了，决定用最隆重的仪式来欢迎旅行家，因为他从很远很远的星球上来，是个应当尊敬的客人。他们决定在东海边上，搭起一座很大很大的牌楼，上面插满了各种颜色的鲜花，衬着碧绿的树叶。这里就算地球的大门，让客人从这里进来。凡是能奏乐的都聚集在那里，组成了极大的乐队，等这位贵宾一到，就奏起最好听的曲子来。

旅行家乘了一艘又轻又快的飞艇，离开了他的星球，向地球前进。经过了不可估量的时间和空间，看到了不知多少星星的真面目，他才穿过云层，来到地球的大门前，东海边上。地球上欢迎的人一齐欢呼起来，乐队就奏起最好听的曲子，把东海的波涛声也给盖住了。牌楼上的花儿好像含着笑，还轻轻地抖动着，似乎花儿也知道，它们是来欢迎尊贵的客人的。

旅行家非常快活，他想，地球上的确很有趣，这班人多么可亲可爱，又多么聪明。开过了欢迎大会，地球上的人把旅行家请进一家最讲究的旅馆。他们又推举出一个人来陪伴旅行家。这个人懂得地球上的一切事物，让旅行家在游历的时候可以随时询问。

吃饭的时候，旅行家吃的是最上等的菜，味道鲜美，分量又多，还没吃完，他的胃已经撑饱了；看看旁边陪他的人，还张大了嘴，不断地往下装。他想这一定有缘故，大概地球上好吃的东西生产得太多，不吃掉，地球上就没处存放了。所以他们尽量吃，把胃给撑大了。他没有受过这种训练，胃还很小，只好不再吃了，就站起来出去散步。陪伴他的人在后边跟着他。

出了旅馆，拐了两个弯，旅行家走进一条狭窄的小巷。两旁的人家也在吃饭。他们没有什么菜，摆在他们面前的只有一小碟子咸豆。旅行家觉得有点儿奇怪，难道他们的胃特别小吗？难道他们不爱吃那些味道鲜美的菜吗？想来想去想不明白，他只好问了："咱们刚才吃的东西那么多，味道那么好，为什么他们只吃一小碟子咸豆呢？"

陪伴的人脸上露出惊奇的神色。他想，这个从遥远的星球上来的客人真有点儿傻气，但是一想到他终究是一位贵宾，就恭恭敬敬地回答说："他们跟我们不同。您初来这儿，自然不明白，住在这条小巷子里的人都很穷。"

"什么叫作'穷'？穷了就只要吃一小碟子咸豆就够了？想来穷就是胃长得特别小的意思吧？"

"不，不。穷就是没有钱。在我们地球上，有了钱才能换东西。穷人没有钱，即使有，也很少，他们只能换到很少的质地很差的东西。"

"我更不明白了，钱又是什么东西呢？"

陪伴的人从口袋里掏出一个金元来，给旅行家看。旅行家接过金元，看了这一面，又看那一面，翻过来又翻过去。这确实是个可爱的玩意儿，又光亮又轻巧，但是他有点儿不相信。

"这是小孩儿玩儿的东西，真有趣。可是我不信，用这个

可以换别的东西。”

“您不信，我换给您看。您想要什么东西？”

旅行家想了想，别的都用不着，乘了这么一趟飞艇，汗衫有点儿脏了，得换一件了。他就说：“我现在需要一件汗衫。”

陪伴的人带着他走出狭窄的小巷子，来到繁华的大街上。在一家商店里，陪伴的人把金元交给商店里的人，商店里的人就拿出一件漂亮的汗衫来。

陪伴的人说：“您看，汗衫不就换来了吗？这是我们地球上最有名的汗衫，用中国出产的蚕丝织的，您看多么轻，多么软，拿在手里几乎没有分量，可以一把捏在手心里。穿在身上，光彩华丽，妙不可言。”

这件汗衫实在好，旅行家看了心里自然欢喜。但是他立刻又产生了怀疑，因为他看到对面来了一个人，拉着一辆大货车，弯着腰，身子成了钩子似的，走一步停一步。这个人穿着一件破衣服，不但汗透了，还沾满了尘土。旅行家就问：“这个人的衣服脏成这个样子，为什么不去换一件新的呢？”

陪伴的人说：“他也是个穷人，哪里有钱去换漂亮的汗衫呢？”

旅行家又问：“我还是弄不明白，为什么东西一定要用钱去换？谁需要什么，爽爽快快地拣来就用，不是很方便吗？”

“我们地球上向来是这样的，我也不知道究竟为了什么。总之，没有钱就不能拿一丁点儿东西。”

“要是拿了呢？”

“不给钱拿人家的东西，就成了强盗，成了贼，就有官吏把他们关起来。关强盗和贼的地方叫作监牢。我们地球上有许多监牢，里面关了很多强盗和贼。过些天，我可以带您去参观。”

“把他们关起来，不是很费事吗？他们被关在里边，不能自由活动，不是很痛苦吗？你们为什么不给他们一些钱，让他们去换他们需要的东西呢？这样一来，官吏也用不着了，监牢也用不着了，不是省了许多事儿吗？”

“个人的钱，各人自己用，谁也不愿意白白地送给别人。刚才我给您换汗衫的钱，不是我自己的，是公家供给的，因为您是我们的贵宾。您吃饭，住旅馆，还有您需要的一切东西，都由公家付钱，因为您是我们的贵宾。”

“这又是什么缘故呢？谁有多余的钱，分一点给没有钱的人，让他们也能换到需要的东西，岂不大家都很舒服了吗？”

陪伴的人忍不住笑了，他说：“谁的钱有多余，不是可以留在那儿，等到要用的时候用吗？何必白白地分给别人呢？您对我们地球上的情形真个弄不明白吗？”

“原来是这样，我明白了。”

陪伴的人带着旅行家继续往前走。有一家商店，放满了大大小小的各式各样的箱子。旅行家又问：“这是什么东西？是拿来玩的，还是有什么用处？”

“用处可大哩！一切有用的东西都可以藏在里面。”

“我又不明白了。你方才说，需要什么东西可以用钱去换，那么只要有了钱就好了，要用什么都可以立刻换到，何必要把东西收藏起来呢？”

“您又不了解我们地球上的人的想法了。现在不用的东西，收藏在箱子里，等到要用的时候拿出来用，不就把钱省下来了吗？即使自己不用，可以留给子孙用，省下的钱，也可以留给子孙买别的东西。这就是要把东西收藏起来的道理。”

旅行家点点头，懂了。但是他的心情不像来到地球之前那样高兴了。他想，地球上的情形并不十分有趣，传说未免有点儿靠不住，看起来地球上的人不见得很聪明，要不，他们怎么想出用钱来换东西的笨法子来呢？怎么会为了收藏东西，造出箱子这样的笨家伙来呢？为什么有的人可以吃得胃发胀，大多数人只能吃一小碟子咸豆呢？为什么有的人可以穿上中国蚕丝织的汗衫，大多数只能穿又破又脏的衣服呢？他越想越乏味，没有兴致再参观了，恨不得立刻乘上飞艇，回到自己的星球上去。

但是他又想，地球上的人待他很好，口口声声称他为“贵宾”，要是能够想点儿办法帮助他们，也好报答他们的好意。他就到处去考察，把地球上的情形全弄明白了，才回到自己的星球去，临走的时候，他说：“我还要到地球来的。谢谢你们盛情接待我，我再来的时候，要带一件很好的礼物来送给

你们。”

果然没隔多久，旅行家又来了，仍旧乘了飞艇来的。东海边上，地球的大门口，欢呼的声音，奏乐的声音，比前一回更加热烈。大家都要看一看旅行家带来的是什么礼物，欢迎的人多得站也站不了，有的几乎被挤到海里去。

旅行家把礼物拿出来了，是一张机器的图样。他对欢迎他的人说：“我教你们造一种机器，这种机器可以耕田种地，还可以制造各种器具。造起来很容易，使用又很方便。你们愿意试一试吗？”

“愿意！愿意！”大家喊起来，声音像潮水一个样。

旅行家来到铁工厂里，教工人照他的图样造成了许多架机器；他让地球上的人把这些机器安放在田里，安放在市场里。大家争先恐后，要看一看旅行家的机器是怎么使用的，田里市场里都挤满了人。

旅行家把谷种放在机器里，一按机关，这机器就飞快地开动了，不到半分钟，一亩田就播上了种。他又按另一个机关，这机器就开进树林，不到半分钟，就制造出许多精致的桌子椅子。

旅行家对大家说：“不论要它做什么事，制造什么东西，都是这个样子。”

大家看呆了，好像见了魔术师一个样。

一个乡下姑娘拿着一绞丝，她想，机器一定能把我的丝制成一件美丽的衣服。她向旅行家提出了她的要求。旅行家把丝放在机器里，按了另一个机关，一件美丽的衣服立刻制成了，又轻又软，光彩鲜艳，跟用中国蚕丝织的没有什么两样。乡下姑娘自然快活非常，大家跟她一个样，也嘻嘻哈哈地笑起来。他们只顾唱：

咱们的新生活来到了！
咱们的新生活来到了！

旅行家跟大家讲，要机器做什么，就按哪一个机关。大家都学会了。

需要钢琴的女郎走到机器旁边，一按机关，就得到了一架钢琴。她用钢琴弹了一支优美的曲子。

需要漂亮衣服的少年走到机器旁边，一按机关，就得到了一套漂亮的衣服。他穿上衣服就去游山玩水了。

需要美味的食品的老爷爷走到机器旁边，一按机关，就得到了一份美味食品，自己去享用了。

需要好玩儿的玩具的小妹妹，走到机器旁边，一按机关，就得到了好些玩具，自己去玩儿了。

随便什么人走到机器旁边，只要按一下机关，都能得到他

们需要的东西。

地球上的人渐渐忘记了换东西用的钱，忘记了收藏东西用的箱子了。

1922年1月4日写毕

读与思

不可否认，很多人心里都藏着“利己”主义——各人的钱，各人自己用，怎肯给别人？这当然没有错，但与此同时，我们可以试着把钱看淡一些，因为精神的财富和身体的健康更加重要。我们要把更多的精力用在不断学习和进步上，也许有一天，我们也能设计出神奇的机器，成为星际旅行家。大家觉得呢？

大嗓门

《大嗓门》是一篇讽刺社会现实的作品，批判了民国时期的严重污染。作为一篇儿童文学作品，《大嗓门》不仅适合儿童看，也完全符合成人的阅读口味。

“大嗓门”的变化是全文的线索。“工厂里的汽笛”“烟囱里冒出的烟”“风”等比作“大嗓门”“魔鬼的头发”“和事佬”等等，如此富有想象力的、生动的比喻和拟人使得文章活灵活现，富有童趣；里面的重复描写让文章结构更加精巧，令人印象深刻。

一处地方，有许多家工厂。工厂的屋顶上都竖起几个烟囱，又浓又黑的烟从烟囱里冒出来，好像魔鬼的头发，越拖越长，越长越乱。有时候，这一个魔鬼的头发和那一个魔鬼的头发纠缠在一起，解也解不开了。街上的孩子都喊道：“你们看，魔鬼打架了。”好容易来了一个和事佬，含着一口和平的气轻轻地对它们吹，它们的头发才慢慢地解开。

工厂还有一支汽笛，家家都有。他的职司是专门张着嘴喊，十里以内都能听见，所以大家管他叫“大嗓门”。早上天还没有亮，他尽他的职，呜呜地叫唤起来。许多男的女的老的少的听见了，就三脚两步赶到工厂里去。晚上天黑以后，他又尽他的职，又呜呜地叫喊。许多男的女的老的少的，才从工厂里出来，没精打采地走回家去。大家都说：“大嗓门一叫唤，咱们就不能不听从呀。他一叫唤，咱们不能不赶快跑到工厂里去；等到他再叫唤，咱们才可以回家。要是他不叫唤，咱们休想随便出进，工厂的大门关着，怎么进得去呢？怎么出得来呢？”

一个婴儿，他身子贴在母亲怀里，小嘴衔着母亲的奶头。他睡在床上，多么温暖，多么舒服。吸着甜蜜的奶汁，他睡得很甜蜜。“呜呜呜……”大嗓门在叫唤了。婴儿嘴里的乳头不见了。他伸出小手到处摸，越来越冷，于是哭起来了。哭到太阳来探望他的时候，他四处寻找，哪里有母亲的影子呢。

这样的事儿，婴儿天天遇到。他留心查察，母亲的奶头到底什么时候逃走的。他察觉出来了，只听得大嗓门呜呜的一声叫唤，母亲的奶头就逃走了。他想：“大嗓门要是不叫唤，母亲的奶头一定不会逃走了。得跟大嗓门去商量，请他不要再叫唤，那就好了。”想停当了，他就去找大嗓门。

一个女郎，她跟一个少年很要好，每天夜里睡在一起，他们互相拥抱着，心里充满了快乐。“呜呜呜……”大嗓门在叫唤了，女郎身边的少年不见了。这时候还四面漆黑，她两只手满床乱摸，哪儿有她心爱的少年呢？她觉得非常寂寞，呜呜咽咽地哭了。哭到起早的鸟儿唱着歌儿来安慰她的时候，她找遍了屋里，又找遍了田野和山林，哪里有少年的影子呢？

这样的事儿，女郎天天遇到。她留心查察，少年到底什么时候失去的。她察觉出来了，只听得大嗓门呜呜的一声叫唤，怀里的少年又溜掉了。她想："大嗓门要是不叫喊，少年一定不会失去的。得跟大嗓门去商量，请他不要再叫唤，那就好了。"想停当了，她就去找大嗓门。

还有一个眼睛瞎了的老婆婆，她跟她老伴睡在一起。年纪大了，夜里常常要醒，她就跟老伴聊天，不觉得冷清。老伴讲外边的景致给她听，什么地方的树绿了，什么地方的花开了。她好像眼睛没瞎一个样，什么都能看见。"呜呜呜……"大嗓门在叫唤了。老伴的声音忽然听不见了。她以为老伴睡着了，提高了嗓门喊，叫他醒一醒。可是哪里有回音呢？她很害怕，觉得夜特别长。瞎了的眼睛虽然没有多少眼泪，也一滴一滴流个不停。追赶麻雀的孩子们闯进屋里来了，她才停住了哭，请孩子们帮她找一找，她的老伴躲在哪里。孩子们连地板缝都找遍了，哪里有她的老伴呢？

这样的事儿，老婆婆天天遇到。她留心查察，老伴到底是什么时候溜走的。她察觉出来了，只听得大嗓门呜呜的一声叫唤，老伴就急急忙忙溜走了。老婆婆察觉出来了，只听得大嗓门呜呜的一声叫唤，老伴就急急忙忙溜走了。老婆婆想：“大嗓门要是不叫唤，老伴一定不会溜走的。得跟大嗓门去商量，请他不要叫唤，那就好了。”想停当了，她就去找大嗓门。

婴儿、女郎和老婆婆走在一条路上。他们都说是去找大嗓门的，就手拉着手，结伴同行，一边走一边说话。

婴儿说：“我不敢睡熟，只怕母亲的奶头逃走，紧紧地含住不放，但是办不到。想来大嗓门一定有什么糖呀花生呀在逗引我的母亲。要不，为什么他一叫唤母亲就走了呢？他把我的母亲叫走了，我可苦了。我得跟他商量去。”

女郎说：“我那少年爱着我呢，他无时无刻不想我。他说只有我在他身边，他才能好好地休息。为什么不能让他跟我在一起多休息一会儿呢？大嗓门一叫唤，他就掉了魂似的，急急忙忙走了。想来大嗓门一定有什么魔法，要不我那少年怎么肯离开我呢？我也得跟大嗓门商量去。”

瞎了眼睛的老婆婆说：“我睡不着，我的老伴也睡不着。两个人谈谈说说，夜就过得快一点儿。可是他老说到半中间就匆匆忙忙溜走了。等我唤他，他已经跑出好几里路去了。想来大嗓门有老酒请他去喝吧。要不，他怎么肯扔下我走呢？我眼睛瞎了，一个人耽在家里很害怕。我得跟大嗓门商量去。”

三个人一边走一边说，不知不觉来到大嗓门脚下。大嗓门站得很高很高，差不多跟烟囱一样高，张开了大嘴向着天，等时刻一到他就叫唤，他非常尽责。

婴儿抬头一看，先就胆小了，这样高，怎么能上去跟他说话呢？瞎了眼睛的老婆婆只是叫苦，她从来没练过跳高。幸亏姑娘的身子又轻又灵活，她一手抱起婴儿，一手拉着老婆婆，像云一样飘了起来。一点儿不费事，三个人一同来到大嗓门跟前。

三个人把自己的心愿都说给大嗓门听了，最后一同说："请您从此闭嘴吧，不要再呜呜呜地叫唤了。我们不愿意失掉我们离不开的人。"

大嗓门听了他们的话，觉得他们真是可怜。他笑着说："我的嘴一直是张着的，不能听了你们的要求，就闭拢来。我先前不知道我一叫唤，就把你们害苦了。听了你们的话，我以后不愿意再尽我的职司了，我不叫唤了，你们放心回去吧。"

三个人听大嗓门这样说，都高兴极了，反而觉得不大可信，一同问："您说的是真的吗？"

"哪能骗你们，"大嗓门说，"以后每天天大亮了，母亲的奶头还在你小弟弟的嘴里，少年还在你姑娘的怀里，老伴还在你老太太的身边。放心回去吧，我的小弟弟，我的好姑娘，我的老太太。"

婴儿跟大嗓门亲了个嘴，女郎绕着大嗓门跳了一会舞，老婆婆跟大嗓门握了握手。他们十分感谢大嗓门，高高兴兴回去了。他们一路走一路唱：

我要喝甜蜜的奶汁，
睡在母亲的怀里。
我要永远这样，
现在有希望了。

我要每天夜晚抱着少年，
让他在我的怀里休息。
我要永远这样，
现在有希望了。

我要老伴伴着我，
在无论什么时候。
我要永远这样，
现在有希望了。

天亮了，太阳照着大嗓门的张大的嘴，大嗓门默默地不作一声。走过的人们对他说：“你失职了。你还没有叫唤呢，赶快叫唤吧！”

大嗓门张开大嘴向着天，不理睬他们。那魔鬼的头发被剪断了，烟囱里不再冒出烟来，它们不能再玩儿打架的把戏了。

婴儿含着母亲的乳头，靠在母亲的怀里，睡得很香甜，小脸儿上全是笑意。

女郎抱着她心爱的少年，一声不响，让他得到充分的休息。

瞎眼睛的老婆婆睡在她老伴身边，两个人有说有笑，像新娘子新郎官一样快乐。

大嗓门真个从此不叫唤了。

1921年12月30日写毕（原题为《大喉咙》）

近年来，环保成了人们广为关注的一个问题。工厂排放的废气废水、汽车尾气、塑料垃圾等污染成了人们面临的严峻挑战。如何改善这些状况，保护我们赖以生存的地球是我们急需解决的问题。你身边有环境污染的情况吗？你觉得自己应该为保护环境做出哪些努力呢？不妨和同学们交流一下。

鲤鱼的遇险

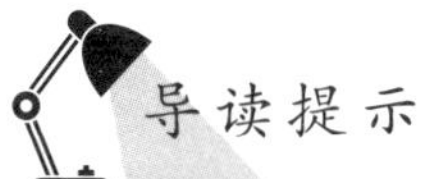

童话里的世界都是美好的。在叶圣陶的笔下，有友善的天鹅和鸳鸯，有可爱的男孩子和女孩子们……但与此同时，也有一些不怀好意的“陌生朋友”，他们给鲤鱼们带来了灾难和危险，但最终，鲤鱼们还是通过自己的勇敢战胜了这些危险。

罗曼·罗兰说：世界上只有一种真正的英雄主义，那就是在认识生活的真相后依然热爱生活。美好并不代表永远安稳无事，而是虽然经历了困难和挫折，却能够战胜它，并且依然相信美好、向往美好。

清澈见底的小河是鲤鱼们的家。白天，金粉似的太阳光洒在河面上，又细又软的波纹好像一层薄薄的轻纱。在这层轻纱下面，鲤鱼们过着十分安逸的日子。夜晚，湛蓝的天空笼罩着河面，小河里的一切都睡着了。鲤鱼们也睡着了，连梦儿也十分甜蜜，有银盘似的月亮和宝石似的星星在天空里守着它们。

鲤鱼们从来没遇到过可怕的事儿，它们不懂得害怕，不懂得防备，不懂得逃避。它们慢慢地游来游去，非常轻松，非常快活。有时候大家争夺一片浮萍，都划动鳍，甩动尾巴往上蹿，抢在头里那一条衔住浮萍，掉头往河底一钻；别的鲤鱼都头碰在一起，“泼剌”一声，河面上掀起一朵浪花。一会儿，声音息了，浪花散了，河面又恢复了平静。鲤鱼过的就是这样平静的生活。如果你站在岸上，一定不会觉察它们，就跟河里没有它们一个样。

鲤鱼的好朋友是雪白的天鹅和五彩的鸳鸯。它们都能游水，像小船一样浮在河面上。每年秋天，它们从北方飞来，来到小河里探望鲤鱼们，把它们的有趣的旅行讲给鲤鱼们听。鲤鱼们把它们新学会的舞蹈演给天鹅和鸳鸯看。它们高兴极了，每天的生活都是新鲜的，都有非常浓的趣味。因此鲤鱼们都抱着一种信念：凡是太阳、月亮和星星照到的地方，都跟它们的小河一样平静，都有要好的朋友，都有新鲜的生活，都充满着非常浓的趣味。

大鲤鱼把它的信念告诉小鲤鱼，鲤鱼哥哥也这样告诉鲤鱼弟弟，鲤鱼姊姊也这样告诉鲤鱼妹妹。大家都说：“这话不错，咱们这条河的确如此。咱们这条河有太阳月亮星星照着，因而可以相信，凡是太阳月亮星星照到的地方，都跟咱们这条河一个样。世界多么快活呀！咱们真幸福，生活在这样快活的世界上。”这几句话差不多成了鲤鱼赞美世界的歌儿了。每当太阳

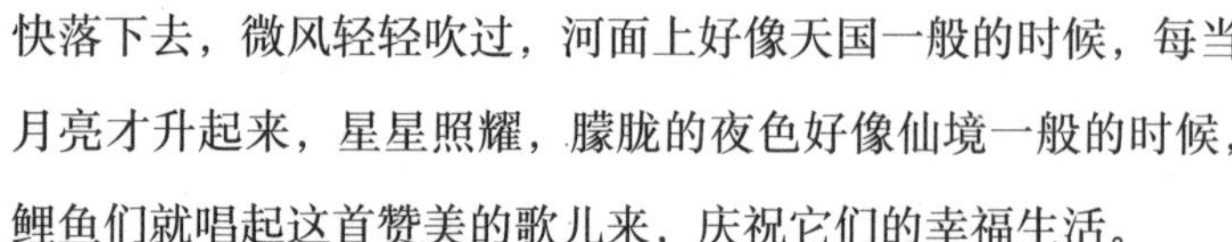

快落下去，微风轻轻吹过，河面上好像天国一般的时候，每当月亮才升起来，星星照耀，朦胧的夜色好像仙境一般的时候，鲤鱼们就唱起这首赞美的歌儿来，庆祝它们的幸福生活。

这一天跟平常没有什么两样，河面上来了一条小船。鲤鱼们一点儿不奇怪，常常有孩子们的游船在这里经过。那些男孩子女孩子看见了鲤鱼们，总要把美丽的小脸靠在船舷上，挥着小手招呼它们，带着笑说：“鲤鱼们，快来快来，给你们馒头吃，给你们饼干吃。好吃的东西多着呢，鲤鱼们，快来快来！”鲤鱼们就游到水面上来，和男孩子女孩子一同玩儿。

鲤鱼们看到小船，以为孩子们又来了，照旧快快活活地游到水面上来。可是这一回，小船上没有男孩子也没有女孩子；摇橹的是一个从来没见过的人，船舷上歇着十几只黑色的鸬鹚，正仰起脑袋望天呢。鲤鱼们想，鸬鹚虽然不是老朋友，可是鸬鹚的同类——鸳鸯和天鹅都是我们最要好的朋友，咱们跟鸬鹚一定也可以成为朋友的；朋友们第一次经过这里，理当好好款待。

鲤鱼们这样想着，就用欢迎的口气说：“不相识的朋友们，你们难得到这里来，歇一会儿再走吧。我们跟天鹅和鸳鸯都是老朋友，我们相信，你们不久也会成为我们的老朋友的。未来的老朋友，请到水面上来谈谈心吧，不要老歇在船舷上。”鲤鱼的邀请是非常恳切的，它们都仰着脸，等候客人们下水。

船舷上的鸬鹚不再看天了。它们听见了鲤鱼们的邀请，向河里看了看，都扑着翅膀，“扑通……扑通……”跳下水来。看见鲤鱼，它们就一口衔住，跳上船去，吐在一只木桶里。十几只鸬鹚一忽儿上一忽儿下，小河上起了一阵从未有过的骚动。鲤鱼们才感到害怕，才没命地逃，才钻进河底的烂泥里。那些突然变脸的陌生客人，把它们吓得浑身发抖。

不一会儿，小船摇走了，水声跟着水花一同消失了。吓坏了的鲤鱼们才悄悄地从烂泥里游出来。小河恢复了往日的平静，但是恐惧和忧虑充满了鲤鱼们的心。看着许多同伴被那些突然变脸的陌生客人给劫走了，大家忍不住流泪了。陌生朋友还会再来，还会把同伴劫走，谁都处在危险之中，而且时刻处在危险之中。谁想得到这些天鹅和鸳鸯的同类竟是强盗。世界上竟有这样教人没法预料的事儿！鲤鱼们于是产生了一种新的信念：它们的小河现在变了，变得地狱一样可怕。凡是太阳、月亮和星星照到的地方，看起来虽然又平静又美丽，实际上都跟它们住的小河一个样，都是可怕的地狱。

大鲤鱼把这个新的信念告诉小鲤鱼，鲤鱼哥哥也这样告诉鲤鱼弟弟，鲤鱼姊姊也这样告诉鲤鱼妹妹。大家都说：“这话不错，咱们这条河现在变了。不然，咱们这样恳切地欢迎客人，怎么客人反倒把咱们的同伴劫走了呢？咱们这条河也变了，说不定别的地方早就变了，整个世界早就变了。咱们造了什么孽，碰上了这个可怕的时代！”这几句话差不多成了鲤鱼追念过去的美好的生活的挽歌。

木桶里的鲤鱼们怎么样了呢？木桶里只有薄薄的一片水，鲤鱼们只能半边身子沾着水。它们被鸬鹚一口衔住就吓掉了魂，还不知道被扔进了木桶里。后来有几条醒过来了，觉得朝上的半边身子干得难受。它们只好用一只眼睛朝天看，看到的世界全变了样。它们划动鳍甩动尾巴，可是丝毫没有用，半边身子老贴着桶底。它们不知道今天怎么会弄成这个样子，也不知道如今到了什么地方。它们能看到的只是木板的墙，还有跟自己一样躺着没法动弹的同伴。它们互相问："你知道吗，咱们如今在什么地方？"

大家的回答全一样："我也不明白。我只看到木板的墙，只看到跟你一样动不了身子的同伴。"

"这真是个奇怪地方，"一条鲤鱼叹了口气说，"周围都是墙，又不给咱们足够的水。咱们连动一动身子也办不到，恐怕连性命都要保不住了。咱们再也回不了家，见不着咱们的同伴了。"

一条小鲤鱼闭了闭眼睛，它那只朝着天的眼睛又干又涩。它说："我还想不清楚，咱们怎么会到这个奇怪的地方来的！咱们不是做梦吧？"

一条细长的鲤鱼用尾巴拍了拍桶底，用干渴得发沙的声音说："我想起来了，你们难道都不记得了吗？咱们的小河上来了一条小船，船舷上歇着许多穿黑衣服的客人，跟天鹅和鸳鸯一样也长着翅膀。咱们不是还欢迎它们来着？它们就跳到水里来了。我分明记得一位客人看准我就是一口，后来怎么样，我就不清楚了。我想，一定是那些穿黑衣服的客人把咱们请到这儿来的。”

那条小鲤鱼接嘴说：“这样说来，咱们一定在做梦。天下哪会有这样的事儿，咱们欢迎客人，客人却把咱们送到这样的鬼地方来了。”

另外一条鲤鱼悲哀地说：“不管做梦不做梦，咱们现在都干得难受。要挪动一下身子吧，鳍和尾巴都不管用。咱们总得想个办法，来解除咱们的痛苦。”

鲤鱼们于是想起办法来。有的说：“只要打破这木板墙就成了！”有的说：“只要从河里打点儿水来就成了！”有的说：“咱们还是忍耐一下吧，痛苦也许就会过去。”办法提出了三个，可是三个办法都立刻让同伴们驳倒了。“身子都动弹不了，能打得破木板墙吗？”“打点儿水来固然好，可是谁去打呢？”“忍耐可不是办法。没有水，躺在这儿只有等死！”

大家再也想不出别的办法，只有躺着叹气，连划动鳍甩动尾巴的力气也没有了。贴着桶底的那只眼睛只看见一片黑暗，朝天的那只只能看到可恶的木板墙和可怜的命运相同的同伴。它们又谈论起来：

“客人来到咱们家，咱们没有一次不是这样欢迎的。谁想得到这一回上了大当！”

“这不能怪咱们。那些穿黑衣服的强盗不是也长着翅膀

吗？咱们以为它们跟天鹅、鸳鸯一样和善，一样会接受咱们的好意。谁知道它们竟这样坏！”

“把咱们留在这里，它们有什么好处呢？大家客客气气，亲亲热热，岂不好吗？”

“世界上会有这样的事，真是世界的耻辱！咱们先前赞美世界，说世界上充满了快乐。现在咱们懂得了，世界实在包含着悲哀和痛苦。咱们应当诅咒这个世界。”

“应当诅咒！不要说咱们只是小小的鲤鱼，不要说咱们的喉咙已经干得发沙了。咱们的声音一定能激励所有的狂风，把世界上的悲哀和痛苦一齐吹散。”

“对，对，咱们还有力气诅咒，咱们就诅咒吧！诅咒这木板墙，挡着咱们不让咱们看见外边的木板墙！诅咒那些穿黑衣服的强盗吧，不领受咱们的好意而欺骗咱们的强盗！咱们更要诅咒这个世界，诅咒这个有木板墙和黑衣服强盗的世界！”

它们一齐诅咒。诅咒的声音中含着叹息，含着极深的痛苦和悲哀。

不知过了多少时候，很奇怪，鲤鱼们的身上反而觉得潮润了点儿。难道那些强盗悔悟了，觉得自己做错了事，特地打了水来救助它们了？难道木板墙破了，外边的水渗进来了？大家正在议论纷纷，一条聪明的小鲤鱼看出来了。它说：“强盗怎么会来救助咱们呢？木板墙自己怎么会破呢？咱们还没干死，是咱们自己救了自己。大家没觉察吗，沾湿咱们的就是咱们自己的泪水呀！泪水从咱们的心底里，曲曲折折地流到咱们的眼睛里，一滴一滴流出来，千滴万滴，积在自己躺着的这个地方，沾湿了咱们的身子，挽救了咱们快要干死的性命！”

听小鲤鱼这样说，大家都立刻分辨出来了，沾湿自己的身子的确实是自己的泪水，心里都激动极了。它们想，在这个应当诅咒的世界里，居然能够靠自己的泪水来挽救自己，这就不能说在这个世界里已经没有快乐的幼芽了。这样一想，大家心就软了，泪水像泉水一样从它们的眼睛里涌出来。

说也奇怪，鲤鱼们可以活动了，本来只好侧着身子躺着，现在可以竖起身子来游了。木桶里的水越来越多，那水是从鲤鱼们心底里流出来的泪水。

鲤鱼们的泪水不停地流，流满了木桶；从木桶里溢出来，流在船舱里。不一会儿，船舱里的泪水也满了，木桶就浮了起来。小船稍稍一侧，木桶就氽到了小河上。

鲤鱼们有了水，起劲地游起来，可是游来游去，总让木板墙给挡住了。怎么办呢？有了水还得不到自由吗？一条鲤鱼使劲一跳，跳出了木板墙；四面一看，又细又软的波纹好像一层薄薄的轻纱，不就是可爱的家了吗？它快活极了，高兴地喊：“你们跳呀，跳出可恶的木板墙就是咱们的家！我已经到了家了！”

大家听到呼唤，用尽所有的力气跳出了木板墙。木桶空了，浮在河面上不知漂到哪儿去了。

留在家里的鲤鱼们都来迎接遇难的同伴，流了许多激动的泪水。天鹅和鸳鸯恰好从北方飞来，好朋友相见，不免又流了许多激动的泪水。所以小河永远没有干涸的日子。

1922年1月14日写毕

读与思 

就像小鲤鱼的遭遇一样，在我们日常的生活里，不仅有善，也会有恶，我们要对这个世界有理性而客观的认识，既要心中保持善念，又要学会如何分辨恶。在遇到善时，我们要心存感恩，回报以善；在遇到恶的时候，我们不能心存侥幸，要靠自己的智慧勇敢地面对危险，突破险境。同学们有没有类似的经历呢？不妨和朋友们交流一下吧。

画眉

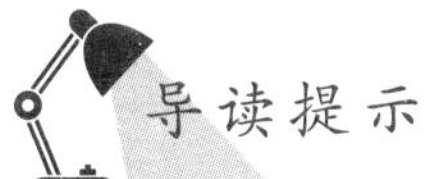

导读提示

在大多数人的认知里，童话是专属于孩子的文学作品，没有深度，只有美好。但其实无论是东方还是西方的童话作品，或多或少都反映了一些社会现象，引人深思。

文章按照时间顺序，讲述了画眉鸟遇到的一系列的人和事，终于明白“高兴飞就飞，高兴唱就唱”“为自己，是为值得自己关心的一切不幸的东西，不幸的事儿”才是最有尊严、最有意义的生活。

一个黄金的鸟笼里，养着一只画眉。明亮的阳光照在笼栏上，放出耀眼的光辉，赛过国王的宫殿。盛水的罐儿是碧玉做的，把里边的清水照得像雨后的荷塘。鸟食罐儿是玛瑙做的，颜色跟栗子一模一样。还有架在笼里的三根横棍，预备画眉站在上面的，是象牙做的。盖在顶上的笼罩，预备晚上罩在笼子外边的，是最细的丝织成的缎子做的。

那画眉，全身的羽毛油光光的，一根不缺，也没一根不顺溜。这是因为它吃得讲究，每天还要洗两回澡。它舒服极了，每逢吃饱了，洗干净了，就在笼子里跳来跳去。跳累了，就站在象牙的横棍上歇一会儿，或者这一根，或者那一根。这时候，它用嘴刷刷这根羽毛，刷刷那根羽毛，接着，抖一抖身子，拍一拍翅膀，很灵敏地四外看一看，就又跳来跳去了。

它叫的声音温柔，婉转，花样多，能让听的人听得出了神，像喝酒喝到半醉的样子。养它的是个阔公子哥儿，爱它简直爱得要命。它喝的水，哥儿要亲自到山泉那儿去取，并且要过滤。吃的粟子，哥儿要亲手拣，粒粒要肥要圆，并且要用水洗过。哥儿为什么要这样费心呢？为什么要给画眉预备这样华丽的笼子呢？因为哥儿爱听画眉唱歌，只要画眉一叫，哥儿就快活得没法说。

说到画眉呢，它也知道哥儿待它好，最爱听它唱歌，它就接连不断地唱歌给哥儿听，哪怕唱累了，还是唱。它不明白张开嘴叫几声有什么好听，猜不透哥儿是什么心。可是它知道，哥儿确实最爱听它唱，那就为哥儿唱吧。哥儿又常跟同伴的姊妹兄弟们说："我的画眉好极了，唱得太好听，你们来听听。"姊妹兄弟们来了，围着看，围着听，都很高兴，都说了很多赞美的话。画眉想："我实在觉不出来自己的叫声有什么好听，为什么他们也一样地爱听呢？"但是这些人是哥儿约来的，应酬不好，哥儿就要伤心，那就为哥儿唱吧。

日子一天天过去，它的生活总是照常，样样都很好。它接连不断地唱，为哥儿，为哥儿的姊妹兄弟们，不过始终不明白自己唱的有什么意义，有什么趣味。

画眉很纳闷，总想找个机会弄明白。有一天，哥儿给它加食添水，忘记关笼门，就走开了。画眉走到笼门，往外望一望，一跳，就跳到外边，又一飞，就飞到屋顶上。它四外看看，新奇，美丽。深蓝的天空，飘着小白帆似的云。葱绿的柳梢摇摇摆摆，不知谁家的院里，杏花开得像一团火。往远处看，山腰围着淡淡的烟，好像一个刚醒的人，还在睡眼蒙眬。它越看越高兴，由这边跳到那边，又由那边跳到这边，然后站住，又看了老半天。

它的心飘起来了，忘了鸟笼，也忘了以前的生活，一兴奋，就飞起来，开始它也不知道是往哪里的远方飞。它飞过绿的草原，飞过满盖黄沙的旷野，飞过波浪拍天的长江，飞过浊流滚滚的黄河，才想休息一会儿。它收拢翅膀，往下落，正好落在一个大城市的城楼上。下边是街市，行人，车马，拥拥挤挤，看得十分清楚。

稀奇的景象由远处过来了。街道上，一个人半躺在一个左右有两个轮子的木槽子里，另一个人在前边拉着飞跑。还不止一个，这一个刚过去，后边又过来一长串。画眉想："那些半躺在木槽子里的人大概是没有腿吧？要不，为什么一定要旁人拉着才能走呢？"它就仔细看半躺在上边的人，原来下半身蒙

着很精致的花毛毯，就在毛毯下边，露出擦得放光的最时兴的黑皮鞋。“那么，可见也是有腿了。为什么要别人拉着走呢？这样，一百个人里不就有五十个是废物了吗？”它越想越不明白。

“或者那些拉着别人跑的人以为这件事很有意思吧？”可是细看看又不对。那些人脸涨得通红，汗直往下滴，背上热气腾腾的，像刚揭开盖的蒸笼。身子斜向前，迈着大步，像正在逃命的鸵鸟，这只脚还没完全着地，那只脚早扔了出去。“为什么这样急呢？这是到哪里去呢？”画眉想不明白。这时候，它看见半躺在上边的人用手往左一指，前边跑的人就立刻一顿，接着身子一扭，轮子，槽子，连上边半躺着的人，就一齐往左一转，又一直往前跑。它明白了：“原来飞跑的人是为别人跑。难怪他们没有笑容，也不唱赞美跑的歌，因为他们并不觉得跑是有意义有趣味的。”

它很烦闷，想起一个人当了别人的两条腿，心里不痛快，就很感慨地唱起来。它用歌声可怜那些不幸的人，可怜他们的劳力只为了一个别人，他们做的事没有一些儿意义，没有一些儿趣味。

它不忍再看那些不幸的人，想换个地方歇一会儿，一飞就飞到一座楼房的绿漆栏杆上。栏杆对面是一个大房间，隔着窗户往里看，许多阔气的人正围着桌子吃饭。桌上铺的布白得像雪。刀子，叉子，玻璃酒杯，大大小小的花瓷盘子，都放出晃眼的光。中间是一个大花瓶，里边插着各种颜色的鲜花。围着桌子的人呢，个个红光满面，眼眯着，正在品评酒的滋味。楼下传来声音。它赶紧往楼下看，情形完全变了；一个长木板上，刀旁边，一条没头没尾的鱼，一小堆切成丝的肉，几只去了壳的大虾，还有一些切得七零八碎的鸡鸭。木板旁边，水缸，水桶，盘、碗、碟、匙、各种瓶子，煤，劈柴，堆得乱七八糟，遍地都是。屋里有几个人，上身光着，满身油腻，正在弥漫的油烟和蒸气里忙忙碌碌。一个人脸冲着火，用锅炒什么。油一下锅，锅边上就冒起一团火，把他的脸和胳膊烤得通红。菜炒好了，倒在花瓷盘子里，一个穿白衣服的人接过去，上楼去了。不一会儿，就由楼上传出欢笑的声音，刀子和叉子的光又在桌面上闪晃起来。

画眉就想："楼下那些人大概是有病吧？要不，为什么一天到晚在火旁边烤着呢。他们站在那里忙忙碌碌，是因为觉得很有意义很有趣味吗？"可是细看看，都不大对。"要是受了寒，为什么不到家里蒙上被躺着？要是觉得有意义，有趣味，为什么脸上一点儿笑容也没有？菜做熟了为什么不自己吃？对了，他们是听了穿白衣服的人的吩咐，才皱着眉，慌手慌脚地洗这个炒那个的。他们忙碌，不是自己要这样，是因为别人要吃才这样。"

它很烦闷，想起一个人成了别人的做菜机器，心里不痛快，就很感慨地唱起来。它用歌声可怜那些不幸的人，可怜他

们的劳力只为一些别人，他们做的事没有一些儿意义，没有一些儿趣味。

它不忍再看那些不幸的人，想换个地方歇一会儿，一展翅就飞起来。飞过一条弯弯曲曲的僻静的胡同，从那里悠悠荡荡地传出三弦和一个女孩子歌唱的声音。它收拢翅膀，落在一个屋顶上。屋顶上有个玻璃天窗，它从那里往下看，一把椅子，上边坐着个黑大汉，弹着三弦，一个十三四岁的女孩子站在旁边唱。它就想："这回可看到幸福的人了！他们正奏乐唱歌，当然知道音乐的趣味了。我倒要看看他们快乐到什么样子。"它就一面听，一面仔细看着。

没想到完全不是那么回事，它又想错了。那个女孩子唱，越唱越紧，越唱越高，脸涨红了，拔那个顶高的声音的时候，眉皱了好几回，额上的青筋也涨粗了，胸一起一伏，几乎接不上气。调门好容易一点点地溜下来，可是唱词太繁杂，字像流水一样往外滚，连喘口气也为难，后来嗓子都有点儿哑了。三弦和歌唱的声音停住，那个黑大汉眉一皱，眼一瞪，大声说："唱成这样，凭什么跟人家要钱！再唱一遍！"女孩子低着头，眼里水汪汪的，又随着三弦的声音唱起来，这回像是更小心了，声音有些颤。

画眉这才明白了，"原来她唱也是为别人。要是她可以自己做主张，她早就到房里去休息了。可是办不到，为了别人爱听，为了挣别人的钱，她不能不硬着头皮练习。那个弹三弦的

人呢，也一样是为别人才弹，才逼着女孩子随着唱。什么意义，什么趣味，他们真是连做梦的时候也没想到。”

它很烦闷，想起一个人成了别人的乐器，心里很不痛快，就很感慨地唱起来。它用歌声可怜那些不幸的人，可怜他们的劳力只为一些别人，他们做的事没有一些儿意义，没有一些儿趣味。

画眉决定不回去了，虽然那个鸟笼华丽得像宫殿，它也不愿意再住在里边了。它觉悟了，因为见了许多不幸的人，知道自己以前的生活也是很可怜的。没意义的唱歌，没趣味的唱歌，本来是不必唱的。为什么要为哥儿唱，为哥儿的姊妹兄弟们唱呢？当初糊里糊涂的，以为这种生活还可以，现在见了那些跟自己一样可怜的人，就越想越伤心。它忍不住，哭了，眼泪滴滴答答的，简直成了特别爱感伤的杜鹃了。

它开始飞，往荒凉空旷的地方飞。晚上，它住在乱树林子里；白天，它高兴飞就飞，高兴唱就唱。饿了，就随便找些野草的果实吃。脏了，就到溪水里去洗澡。四外不再有笼子的栏杆围住它，它愿意怎么样就怎么样。有时候，它也遇见一些不幸的东西，它伤心，它就用歌声来破除愁闷。说也奇怪，这么一唱，心里就痛快了，愁闷像清晨的烟雾，一下子就散了。要是不唱，就憋得难受。从这以后，它知道什么是歌唱的意义和趣味了。

世界上，到处有不幸的东西，不幸的事儿——都市，山野，

小屋子里，高楼大厦里。画眉有时候遇见，就免不了伤一回心，也就免不了很感慨地唱一回歌。它唱，是为自己，是为值得自己关心的一切不幸的东西，不幸的事儿。它永远不再为某一个人或某几个人的高兴而唱了。

画眉唱，它的歌声穿过云层，随着微风，在各处飘荡。工厂里的工人，田地上的农夫，织布的女人，奔跑的车夫，掉了牙的老牛，皮包骨的瘦马，场上表演的猴子，空中传信的鸽子……听见画眉的歌声，都心满意足，忘了身上的劳累，忘了心里的愁苦，一齐仰起头，嘴角上挂着微笑，说：“歌声真好听！画眉真可爱！”

1922年3月24日写毕（原题为《画眉鸟》）

读与思

衣来伸手、饭来张口的生活是很多人向往的，但这种养尊处优的生活背后往往需要付出一些代价，比如尊严和自由。如果失去了这些，得到再多都会感觉没有乐趣、没有意义；而拥有了这些，即使再劳累再愁苦，也会感觉快乐，感觉心满意足。同学们，你们是如何看待“自由”的？快来和身边的朋友讨论一下吧。

小黄猫的恋爱故事

导读提示

这是一篇构思奇特的童话。它让人们明白，真正的爱是要爱一个人的本质和心灵，而不仅仅是华丽的外表。

作者用优美的文字和充满童趣的笔调，生动地写出了小黄猫想爱又不敢爱的矛盾心理，并构建出了一个美丽的童话世界，让读者仿佛身临其境，成为这场恋爱故事的亲历者。

孩子很奇怪，这几天里那只小黄猫常常找不到。往日里，小黄猫跟孩子一天到晚在一起，追赶那才着地又滚开的皮球，戏弄那才歇下来又飞走了的蝴蝶，彼此十分快活。吃饭的时候，小黄猫跟孩子并排坐着，等候孩子夹些鱼骨头之类的东西送到他嘴里。睡觉的时候，小黄猫钻进孩子的被窝，蜷着身子睡在他的肩旁。他们两个从不分离，几乎在梦里也没有孤单的时刻。可是最近几天，小黄猫常常不顾孩子，独自走开了。孩子尝到了从未尝过的孤寂滋味，着急地要把小黄猫找回来。什么地方都找过了，在小黄猫常到的没生火的炉子旁边，在堆存旧东西的房间里，在破板壁的窟窿里，在院子角落里水缸的后边，都像找绣花针似的找过了，不见一丝儿踪影。

有一天，小黄猫自己懒洋洋地回来了。孩子非常快活，迎上去把他抱在怀里，鸣他，吻他，比平时更加亲昵。但是孩子立刻觉察到小黄猫有点儿异样，对于这样亲热的欢迎，小黄猫没有一点儿快乐的表示，平时那样轻轻地吟哦，活泼地蹦跳，也都不来了，好像有什么心事似的。孩子一不当心，小黄猫又独自走开了。好几回了，小黄猫老是这样。

孩子哪里料得到他的好朋友小黄猫，那只眼睛发亮毛色美丽的小黄猫，为什么跟他疏远，不再跟他一起玩儿呢？原来小黄猫在恋爱了。

事情是这样发生的。在一丛灌木的前面有一个清浅的池塘。树枝伸在水面上轻轻摇动，把池塘边装点得非常美丽。缠在树枝上的藤止井着蓝色的紫色的小花，清清楚楚映在池塘里。一头鹅儿在这图画似的池塘里游泳。葱绿的树枝遮住了阳光，鹅儿雪白的羽毛衬着碧清的水，有一种说不出的美。小黄猫正好来到池塘边散步，一看见鹅儿，爱情就火一般地燃烧起来了。

她确实是一只美丽的鹅儿，一身柔软的羽毛，戴着黄玉似的鹅冠，眼睛闪着金光，左顾右盼，好看极了。谁看见了都会爱她，何况是第一次看见她的小黄猫。他还是一只年轻的小黄猫呢。

小黄猫走近一点儿，用他的固有的柔和声音说：“白衣的小姑娘，你在水面上游泳，好快乐呀！”

“我很快乐！”鹅儿略微转过头来，眼睛半开半阖，越见得姿态优美。小黄猫快乐得闭上了眼睛，好像嘴里含着一块糖，仔细品尝她那姿态的滋味。

“你独自一个在这儿，不嫌寂寞吗？”停了一会儿，小黄猫问。

“倒不觉得。不过谁要是愿意跟我做朋友，在一起玩儿，我也非常欢迎。”鹅儿回答得这样婉转，足见她是一位聪明的姑娘。

“我跟你做朋友，在一起玩儿吧！”小黄猫诚恳地说。

“如果你愿意，那太好了。”鹅儿回答。

从此他们之间的友谊就建立起来了。小黄猫时常到池塘边去访鹅儿。他们谈池上的风景，什么时候彩色的蝴蝶飞来了，什么时候新鲜的花朵开了。他们各自唱心爱的歌儿给对方听，还讲自己听到的许多故事。有时候鹅儿上岸来，跟小黄猫一同到灌木丛中，在绿荫下歇息。他们寻找藏在叶丛里的天牛，谁找到最美丽的谁赢。他们猜测从绿叶稀处飘过的浮云，什么时候过尽，什么时候再有云来。小黄猫因此就忘了往常一天到晚在一起玩儿的孩子了。

小黄猫虽然时常跟鹅儿一起玩儿，一起谈话，心里总觉得不宁帖，因为他有一句想说的最要紧的话还没有说出来，他有一个比一起玩儿进一步的希望还没有达到。“这怎么说呢？说了她将怎样呢？”他不断地想。忍着吧，实在忍不住，径直开口吧，又有点儿胆怯。因此他离开鹅儿回家的时候，唯有默默地沉思。孩子怎么会知道呢？他只觉得奇怪。

一天，小黄猫再也忍不住了，不管鹅儿将怎样回答他，他决意把要说的那句最要紧的话向鹅儿说出来。他准备了一篮青萍作为送给鹅儿的礼物，竹篮的柄儿上插了一束粉红的野蔷薇。他走在路上还鼓励自己要有勇气，不要临时说不出口。他又在河边上自己照了照，举起前爪把脸上的绒毛抚摩得十分光润，把胡须捻得向两边翘起。他想自己是一只漂亮的小黄猫了。

他走到池边，看见鹅儿正在池边散步，可爱的影子倒映在池塘里。他走近去，脸上表现出欢悦的笑容，对鹅儿说：“白衣的小姑娘，你已经来了，等得我心焦了吧？”他不等她回答又说：“今天带了一些毫不足贵的东西送给小姑娘，我的意思是真诚的，请你收下吧。”说着把篮子递给鹅儿。鹅儿一看是她爱吃的青萍和娇红的鲜花，十分喜爱，热诚地谢了他，把一束花儿插在胸前。小黄猫觉得她更加可爱了。他们就跟平日一样地玩儿起来。

小黄猫心里想：“勇气，勇气，不要胆怯！”经过几回自我鼓励，他终于把那句要说的最要紧的话说出来了。“白衣的小姑娘，可以不可以跟你说一句话……我就说了吧，就是我爱你，我爱你！”小黄猫心里慌张得很呢。

“你爱我么？”鹅儿惊奇地问。稍稍沉思了一会儿，她就恢复了温和安静的态度。她说：“你爱我，我非常感激。但是请你告诉我，你爱我什么呢？你必须明白告诉我，我才可以考虑能不能使你满足。”

小黄猫听了鹅儿的回答，快活得要飞起来了，正想贴近去跟她接个吻，可是马上想到了她提出的问题。“我爱她的什么呢？”一时想不清楚，又不好不回答，就说：“我爱你的洁白的羽毛，白得像雪一样的羽毛。”

“我给你洁白的羽毛，白得像雪一样的羽毛。”鹅儿把全身的羽毛褪下来了。一阵风轻轻吹过，羽毛飘了一地，鹅儿聚拢来都给了小黄猫。

“我爱你灵活美丽的眼睛，闪着金光的眼睛。”小黄猫又说。

“我给你灵活美丽的眼睛，闪着金光的眼睛。”鹅儿把一双眼珠取了出来，随即扔给了小黄猫。小黄猫敏捷地用前爪接住了。

“我爱你头顶的鹅冠，黄玉似的鹅冠。”小黄猫又说。

“我给你头顶的鹅冠，黄玉似的鹅冠。”鹅儿把鹅冠摘下来扔给小黄猫，正掉在小黄猫的脚边。

“我爱你可爱的嘴，能唱好听的歌的嘴。”小黄猫又说。

“我给你可爱的嘴，能唱好听的歌的嘴。”鹅儿的嘴又掉在小黄猫的脚边。

“我爱你玲珑的脚掌。”

鹅儿的脚掌也离开了鹅儿的身体。这时候，鹅儿只剩下一个剥光的身体了。

“我爱你又白又嫩的裸露的身体。”小黄猫又说。

“我给你又白又嫩的裸露的身体。”鹅儿的剥光的身体就滚到小黄猫跟前。

小黄猫悲伤极了，他的心几乎碎了。鹅儿一一满足他的要求，他所爱的全都到手了，哪里知道从此就不见了可爱的鹅儿!

“白衣的小姑娘，你在哪里呀？”小黄猫垂头丧气地走回家去。孩子抱着他跟他取笑的时候，只见他眼眶里满含眼泪。

第二天，小黄猫管不住自己，又走到池塘边，想再看看羽毛、眼睛、鹅冠等等东西。好不快活，只见鹅儿又在池塘里游泳了，清脆的鸣声，幽雅的姿态，跟从前没有一点儿不同。

小黄猫问鹅儿：“昨天你把一切东西都给了我，我说不出该怎样感激你。可是你自己藏到哪里去了呢，我的亲爱的小姑娘？”

“请你再不要说什么爱不爱吧。昨天的把戏已经玩过了，不必再玩了。以后咱们还是做朋友的好。”鹅儿很自然地更正对她的称呼。

“仅仅是朋友吗？”小黄猫失望地问。

“昨天的把戏告诉咱们，咱们只能做朋友，要说到爱情，非常对不起，你不能得到我的爱。”

小黄猫终于失败了。

1922年5月27日写毕

读与思

什么是爱？我们应该怎样去爱？这是千百年来一直被人们拿来讨论的一个话题。很多人对爱的理解仅仅是爱慕美丽的容颜。可是容颜易老，再美丽的容貌也会随着时间的流逝而褪色，只有美好的心灵和智慧是永恒的。所以，不管对人对事都不能只看外表，要懂得欣赏内涵。同学们觉得对不对呢？

克宜的经历

“乡下明亮的早晨”与“城里黯淡无光的早晨”，“乡下清新香甜的空气”与“城里沉闷和压迫的环境”，“乡下热闹的风声、鸟叫、同伴的问答、水车的咿呀、锄头的砰砰声以及鸡鸣与黄牛的长鸣”与“城里坟墓似的凄凉冷清”……

文章中，作者用优美的文字设置了很多处对比，通过这些对比，少年“克宜”看到了乡下与城里的不同，也看到了城里眼前的繁华与实际上奢靡、沉闷的矛盾。在这段超乎寻常的经历中，“克宜”最终逃离都市，回归了大自然。

克宜是个农家的孩子。他帮父母种田，举得起小小的锄头，认得清稻和麦的种类，辨得出泥土和肥料的性质。什么鸟儿是帮助农人捕捉害虫的，什么风是吹醒一切睡着的花草的，他完全明白。早晨下田，他第一个跟起早的太阳打招呼。夜晚上床，月亮陪伴着他，轻轻地把柔美的梦覆盖他的全身。他没有什么不快乐的念头，从来不知道不快乐是什么滋味。

从都市里回来的人告诉克宜的父母说："都市里真快乐，快乐的生活是咱们想象不到的。这一回我看了一遍，好像做了个美丽的历乱的梦，讲不出是什么样的快乐，但是的确快乐极了。咱们都老了，不一定要住在那样快乐的地方。咱们的儿子年纪都还很轻，不可不叫他们到那里去住住。不然，咱们不把幸福指点给他们，实在有点儿对不起他们。"

克宜的父母听了这样的话，心里很感动。他们对克宜说："邻家伯伯从都市回来，说那里快乐得说也说不明白。你是个年轻的孩子，应当到那里去住住，享受点儿快乐。我们因为爱你，知道了幸福在哪里，总要给你指点明白。"

克宜很孝顺，父母的嘱咐，他没有不听从的。这一回，父母要他到都市里去，他自然很顺从地答应了。

父母又说："既然你很愿意去，你就放下手里的锄头，早点儿动身吧。"

克宜放下锄头，辞别了父母，离开了自己家的田地，走了几步，觉得有点儿舍不得，又回了转来。他跟田里的庄稼说了些告辞的话，又跟鸟儿合唱了几支离别的歌。他向风说："您不怕走远路，送我一程吧！"他对太阳说："隔几天我再跟您请早安吧。您回去的时候遇见月亮，请您叮嘱她不要记挂我，不要过分伤心。"

跟所有的朋友一一告了别，克宜才转身向前走。风听他的话，跟随着他，一阵又一阵，带着田野里的花香。他觉得好像还在田里耕作。

克宜走了一程，觉得有点儿疲倦，坐在一棵大树底下休息。风还一阵一阵地送来花香。他渐渐地朦胧了，忽然一阵又轻又脆的扑翅膀的声音惊醒了他，就在他头顶上。他抬头一看，原来一只蜻蜓撞在蜘蛛网上给网住了。

他仔细听，那蜻蜓正在哀求他帮助呢："善良的青年人，您救救我吧。我被网住了半天了，再不想法逃脱，坐在网中央的那个魔王就要把我给吃了。善良的青年人，只要您一举手，我就有命了。快救救我吧！"

克宜听了，觉得蜻蜓很可怜，就拾起一根树枝，举起来轻轻一拨，蜻蜓就脱离了罗网。

蜻蜓拿出一个小圆筒似的镜子来，对克宜说："这镜子同我们蜻蜓的眼睛一个样，可以看见人的眼睛看不见的事物。您要知道一切事物将来会是什么样子，用这镜子一照就成了。您救了我的命，我把这镜子送给您作为报答。"

蜻蜓说完，扑着翅膀飞走了。克宜藏好了镜子，他不再休息，一口气跑进了都市，在一家店铺里当学徒。

在店铺里，克宜认识了许多许多东西，都是以前没见过的。一个方匣子，上面有几支针自己会转动，隔一会儿会自己发出钟声来。他听人说这叫作"钟"，又听人说敲五下六下的时候是早晨，晚上敲十二下的时候是半夜。许多垂垂下挂的灯，不

用添油，不用点火。他听人说这叫作“电灯”，到晚上自然会亮，到天晓自然会灭。街上一个人坐在有两个轮子的东西上，这东西有两根长柄，由另一个人拖着飞跑。他知道了，这叫作“人力车”。一个又矮又阔的怪物，到晚上，怪物的巨大的眼睛放出耀眼的光，载着几个人飞驰而过。他知道了，这叫作“摩托车”。一所玻璃的小屋子，里面挤满了人，不用人拖，不用牛拉，跟又矮又阔的怪物一样，也能自己飞跑。他知道了，这叫作“电车”。

但是他看不见他的老朋友。田里的庄稼，发散着香气的泥土，会飞会唱的鸟儿，送来花香的风，在城市里，他统统找不到。虽然新鲜的东西是那样有趣，但是他真挚地记挂着他的老朋友们。

第二天早上，他在床上醒来，一向的习惯，张开眼睛总是很明亮，可是为什么只看到漆黑的一片呢？天还没有亮吗？醒得太早了吗？他疑惑极了，走到窗边向外面张望，街上也很暗，电灯还没有熄灭，放出惨淡的光。他以为还在夜里，可是钟敲起来了，一下，两下，……六下，不明明是早晨了吗？

早晨的太阳哪里去了，为什么不来跟他打招呼呢？起了床就应该做事儿，现在做什么事儿呢？他感到一种忍受不了的沉闷和压迫，很不舒适。但是黑暗包皮围着他。怎么才能打破这黑暗的包皮围，畅快地透一口气呢？

他要漱口，不知道哪儿有水；他要洗脸，不知道哪儿有脸盆和毛巾。他只好默默地坐在大海似的黑暗中，细细辨别那刚尝到的不愉快的滋味。钟敲了七下，又敲了八下，才有一些淡淡的光从窗口透进来。一切全都沉寂，只听得那个钟“滴答滴答”，响个没有完。

他回想在家的时候，这会儿满耳朵都是高兴的声音。晨风在村中、在田里低唱，鸟儿成群地唱着迎接太阳的颂歌，在田间劳动的同伴互相问答，间着水车旋转的咿呀声，锄头着地的砰砰声。村里的鸡此起彼伏啼个不止，黄牛也偶然仰天长鸣一声……想起这些，他更耐不住这里的寂寞凄凉，屋里屋外都冷清清的，有点儿像坟墓。他无可奈何，取出蜻蜓送给他的镜子来摆弄，看看它究竟有什么神异。

他拿起镜子，看师傅和师兄弟的床，他们的帐子都掩着，都还没做完他们的梦。他想用镜子照一照他们，看他们在镜子里会出现什么形象，倒是一件有趣的事儿。他就揭开一位师傅的帐子，把镜子凑在眼睛上一照。怕极了！怕极了！那位师傅只剩下皮包骨头，脸上全没血色，灰白得吓人。这不是跟死人一个样吗？他不敢再看，立刻放下帐子。他想，再照照别的人看，或者会有好看的形象。他就拣了一位肥胖的师兄，揭开他的帐子，把镜子凑在眼睛上一照。怕极了，怕极了，那个师兄也瘦得只剩皮包骨头，脸上毫无血色，灰白得吓人。这不是跟死人一个样吗？他不敢再看，立刻放下了帐子。

好奇心驱使着他，他用镜子照遍了所有睡着的人，都吓得他不敢再看。他想："这里不是个好地方，我明明看到了他们将来会是什么样子了。还是早早离开的好。"他离开了那家店铺，进一所医院去当了练习生。

在医院里，克宜头一回看见害病的人，嗅到药水的气味。那一夜他值班，在一间病室里任看护。病室里有八张床，都躺着病人。夜已经很深了，钟已经敲过一下。窗外只有树叶被风吹动的声音，沙沙地使他感到害怕。室内充满了病人痛苦的呻吟：有的突然叫喊起来；有的声音颤抖，拖得很长；有的毫无力气，低声呼唤；也有不断喊妈的，可是没人答应。克宜听着，心里难受极了，从来没经历的凄惨把他包围住了。

听医院里的人说，病室里的八个人，有四个是从电车上摔下来受的伤，两个是开摩托车不小心，和别的车辆相撞受的伤。受伤最重的一个断了腿骨，医生给他接好了，用木板绑着，固定在一个坚固的架子上，防他受不住痛而牵动，挣脱了接笋。连连呼叫"妈，快来吧！妈，快来吧"的，正是这个病人。

克宜受不了这种凄惨的声音和景象，就取出蜻蜓送给他的神异的镜子来摆弄。电灯光照得室内一片惨白，有什么可照的东西呢？所有的就是这八个病人。他就拿起镜子凑在眼睛上，看这些病人。奇怪极了！奇怪极了！他们的腿和脚又细又小，就跟鸡的爪子一个样；放下镜子再看，他们跟平常人没有多大差别。

克宜又奇怪又疑惑。医生来检查病人了，后边跟着几个助手。克宜想，他们都是健全的人，用镜子照着看，想来不至于有什么变化。他暗地里取出镜子来凑在眼睛上。太奇怪了！太奇怪了！他们的腿和脚也又细又小，也像鸡的爪子似的，跟八个病人的丝毫没有两样。他想："这里不是个好地方，我明明看到了他们将来的腿和脚。还是早早离开的好。"他就离开了那所医院，进一座剧院去当了职员。

夜戏开场了，喧闹的音乐，刺耳的歌唱，他听了觉得头脑发瓮。满院子的看客看得正起劲，个个现出高兴的笑容。男的吸着烟卷，女的扬着蘸透香水的手巾，也有吃东西的，谈话的，都表现出他们既舒适又悠闲。演员唱完一段，他们跟着一阵喝彩，告诉别人他们是能够欣赏的行家。

克宜听着一阵阵的喝彩声，耳朵里难受极了，嗅着人气混着烟味和香水味，鼻子也很不舒服。他的手心和额角有点儿焦热，身子也站不稳了。他想："这里的工作大概太累了，不如取出神异的镜子来散散心吧！"他就把蜻蜓送给他的镜子，凑在眼睛上。

奇怪的景象在镜子里出现了。那些看客个个只剩皮包着骨头，脸上全没血色，灰白得吓人，腿和脚又细又小，像鸡的爪子似的，跟在医院看到的那些人一模一样。他们不能行走，不能劳动，得不到一切吃的东西，只好在那里等死。放下镜子再看，满院子都是高贵的舒适而悠闲的看客。

他不敢再看，立刻奔出了戏院。他想："我为什么还不回去呢？明明看见了都市里的人们的将来的命运。"他连夜向自

己的家乡奔去，不管路上怎样黑暗。

天刚刚亮，他跑到了自家的田地旁。晨风轻轻地吹，带着新鲜的花香。他欢呼着："风，我的好朋友，你送我动身，又迎我回来了！"太阳从很远的地平线上露出第一缕光芒，使大地上的一切都饱含生意。他欢呼着："太阳，我的好朋友，我又来向你问好了。月亮好么？她昨夜跟你谈起了我吗？"鸟儿们早已唱得很热闹了。他欢呼着："鸟儿们，我的好朋友，你们唱吧，我又回到你们的队伍里来了！"田里的庄稼一齐向他点头。他感动得流下眼泪来，欢喜得话也说不成了，只是喃喃地说："我的宝贝……我的宝贝……"

正要回家去看父母，他忽然想起了那神异的玩意儿：为什么不在这儿也照一照呢？他取出蜻蜓送给他的镜子，凑在眼睛上一看。他快乐得大声叫喊起来："将来的田野，美丽极了，有趣极了，真会有这样的一天吗？"

1922年4月12日写毕

都市生活的快节奏，越来越多的污染、噪音，已经夺走了许多人的健康，而清新秀丽的乡村田园风光，勤劳质朴的民风，成了很多人向往的生活。我们应该尊重和保护大自然，才能充分享受这美丽而有趣的一切。对于保护自然，你有什么好的看法或者建议呢？不妨和朋友讨论一下。

书的夜话

作者通过对紫皮书、红皮书、古老的破书的拟人化手法，借书讽人，以他们各自的经历展现了藏书与读书人的一些傲慢与偏见。

第一视角的描述让文中的角色一下子“活”起来，性格鲜明而生动，所展现出来的人物形象也更加立体、更活灵活现。仿佛在听一群朋友聊天，并从中捕获到各种信息，在心里做出自己的判断和评价。

年老的店主吹熄了灯，一步一步走上楼梯，预备去睡了。但是店堂里并不就此黑暗，青色的月光射进来，把这里照成个神奇的境界，仿佛立刻会有仙人跑出来似的。

店堂里三面靠墙壁都是书架子，上面站满了各色各样的书。有的纸色洁白，像女孩子的脸；有的转成暗黄，有如老人的皮肤。有的又狭又长，好比我们在哈哈镜里看见的可笑的长人；有的又阔又矮，使你想起那些肠肥脑满的商人。有的封面画着花枝，淡雅得很；有的是乱七八糟的一幅，好像是打仗的场面，又好像是一堆乱纷纷的虫豸。有的脊梁上的金字放出灿烂的光，跟大商店的电灯招牌差不多，吸引着你的视线；有的只有朴素的黑字标明自己的名字，仿佛告诉人家它有充实的内容，无须打扮得花花绿绿的。

这时候静极了，街上没有一点儿声音。月光的脚步向来是没有声响的，它默默地进来，进来，架上的书终于都沐浴在月光中了，这当儿，要是这些书谈一阵话，说说彼此的心情和经历，你想该多好呢？

听，一个温和的声音打破了室内的静寂。

“对面几位新来的朋友，你们才生下来不久吧？看你们颜色这样娇嫩，好像刚从收生婆的浴盆里出来似的。”

开口的是一本中年的蓝面书，说话的声调像一位喜欢问东问西的和善的太太。

“不，我们出生也有二十多年了，”新来的朋友中有一个这样回答，那是一本红面子的精致的书，里面的纸整齐而洁白，“我们一伙儿一共二十四本，自从生了下来，就一同住在一家人家，没有分离过。最近才来到这个新地方。”

“那家人家很爱你们吧？”蓝面书又问，它只怕谈话就此截止。

“当然很爱我们，”红面书高兴地说，“那家人家的主人很有趣，凡是咱们的同伴他都爱，都要收罗到他家里。他家里的

藏书室比这里大多了，可是咱们的同伴挤得满满的，没有一点儿空地方。书橱全是贵重的木料做的，有玻璃门，又有木门，可以轮替装卸。木门上刻着我们的名字，都是当今第一流大书法家的手笔。我们住在里面，舒服，光荣，真是无比的高等生活。像这里的书架子，又破又脏，老实说，我从来不曾见过。可是现在也得挤在这里，唉，我们倒霉了！”

蓝面书不觉跟着伤感起来，叹息道：“世间的事情，往往就这样料想不到。”

“不过，二十多年的优越生活也享受得够了。”红面书到底年纪轻，能自己把伤感的心情排遣开，又回忆起从前的快乐来，“那主人得到我们的时候，心头充满着喜悦。他脸上露出十二分得意的神色，告诉他的每一个朋友说：‘我又得到了一种很好的书！’他的声调既郑重，又充满着惊喜，可见我们的价值比珍宝还要贵重。每得到一种咱们的同伴，他总是这样。这是他的好处，他懂得待人接物应该平等。他把我们摆在贵重木料做的书橱里，从此再也不来碰我们——我们最安适的就是这一点。他每天在书橱外面看我们一回，从这边看到那边，脸上当然带着微笑，有时候还点点头，好像说：‘你们好！’客人来了，他总不会忘记了说：‘看看我的藏书吧。’朋友们于是跟他走进藏书室，像走进了宝库一样赞叹道：‘好多的藏书啊！’他就谦逊道：‘没有什么，不过一点点。可都是很好的书呢！’在许多的客人面前受这样的赞扬，我们觉得异常光荣。这二十多年的生活呀，舒服，光荣，我们真享受得够了！”

“那么你们为什么离开了他呢？”这个问题在蓝面书的喉咙口等候多时了。

“他破产了！不知道为什么。我们只见他忽然变了样子，眉头皱紧，没有一点笑意，时而搔头皮，时而唉声叹气。收买旧货的人有十几个，凌乱地在他家里各处翻看，其中一个就把我们送到这里来了。不知道许多同伴怎样了。也许他们迟来几天，在这里，我们将会跟他们重新相聚。”

“这才有趣呢。你们来到这里，因为主人破了产；而我们来到这里，却因为主人发了财。”

说话的是一本紫面金绘的书。这本书虽然不破，但是沾了好些墨迹和尘土。可见它以前的处境未必怎么好，也不过是又破又脏的书架子罢了。它的语调带着滑稽的意味，好像游戏场里涂白了鼻子引人发笑的角色。

“为什么呢？”蓝面书动了好奇心，禁不住问。

“发了财还会把你丢了！”红面书也有点不相信，“像我们从前的主人，假如不破产，他是永远不肯放弃我们的。”

“哈哈，你们不知道。我的旧主人为了穷，才需要我和我的同伴。等到发了财，他的愿望已经达到，我们对他还有什么用呢？他的经历很好玩，你们喜欢听，我就说给你们听听。反正睡不着，今晚的月光太好了。”

“我感谢你。”蓝面书激动地说，“近来我每晚失眠，谁跟我说个话儿，解解我的寂寞，我都感谢。何况你说的一定是很有趣的。”

“那么我就说。他是个要看书而没有书的人，又是个要看书而不看书的人。怎么说呢？他本来很穷，见到书铺子里满屋子的书，书里有各种的学问，他想：如果能从这些学问中间吸取一部分，只消最小最小的一部分，至少可以把自己的处境改善一点儿吧。但是他买不起书。那时候，他是要看书而没有书。后来，他好容易攒了一点钱，抱着很大的热心跑到书铺子里，买了几种他最想望的书。他看得真用心，把书里最微细的错误笔画都一一校出来了。靠他的聪明，他有了新的发现。他以为把整本书从头看到尾是很愚蠢的，简捷的办法只消看前头的序文。序文往往把全书的大要都讲明白了，知道了大要，不就是抓住了全书的灵魂吗？以后他买了书就按照他的新发现办，一直到他完全抛弃我们。因此，他的书只有封面玷污了，只有开头几页印上了他的指痕，此外全是干干净净的，只看我就是个榜样。你要是问他做什么，他当然是看书。但是单看一篇序文能算看书吗？所以我说，他要看书而不看书。”

“啊，可笑得很。他的发现哪里说得上聪明！”红面书像爽直的青年一样笑了。

“没有完呢！”紫面书故意用冷冰冰的口气说，“我还没有说到他的发财。你们知道他怎样发了财？他看了好几本书的序文，写了一篇文章，题目是《某某几本书的比较研究和批评》，投给了报馆。过了几天，报上把这篇文章登出来了，背后有主笔的按语，说这篇文章如何如何有意思，非博通各种学问的人是写不出来的。他得到了一笔稿费，这一快活真没法比拟。他想：‘这才来了！改善处境的道路已经打开，大步朝前走吧！’于是他继续写文章，材料当然不用愁，有许许多多的书的序文在那里。稿费一笔一笔送到，名誉拍着翅膀跟了来，他渐渐成为了不起的人物。学校请他指定学生必读的书，图书馆请他鉴定古版书的真伪。报馆的编辑和演讲会的发起人等候在他的会客室里，一个说：‘给我们写一篇文章吧！’一个说：‘给我们做一回演讲吧！’他的回答常常是‘没有工夫想’。请求的人于是说：‘关于书，你是无所不知的，还用得着想吗？你的脑子犹如大海，你只要舀出一勺来，我们就像得到了最滋补的饮料了。’他迟疑再三，算是勉强答应下来。请求的人就飞一般回去，在报上刊登预告，把他的名字写得饭碗一样大，还加上‘读书大家’‘博览群书’一类的字眼。有一天，他忽然想到计算他的财产。‘啊，成了富翁了吗！’他半信半疑地喊了出来。他拧了一下自己的大腿，感觉到痛，知道并非在梦中。他就想自己已经成了富翁，何必再去看那些序文呢？可做的事情不是多着吗？他招了个旧货商来，把所有的书都卖了，从此他完全丢开我们了。现在，他已经开了个什么公司在那里。”

“原来是这样！”蓝面书自言自语，它听得出了神。

“在运走的时候，我从车上摔了下来。我躺在街头，招呼同伴们快来扶我。他们一个也没听见，好像前途有什么好境遇等着他们，心早已不在身上了。后来一个苦孩子把我捡起来，送到了这里。”紫面书停顿一下，冷笑说，“我心里很平静，不巴望有什么好境遇，只要能碰到一个真要看我的主人，我就心满意足了。”

“真要看书的主人，算我遇到得最多了。然而也没有什么意思。”说这话的是一本破书，没有封面，前后都脱落了好些页，纸色转成灰黑，字迹若有若无。它的声音枯涩，又夹杂着咳嗽，很不容易听清楚。

红面书顺着破书的意思说：“老让主人看确乎没有意思，时时刻刻被翻来翻去，那种疲劳怎么受得了。老公公，看你这样衰弱，大概给主人们翻得太厉害了。像我以前，主人从不碰我，那才安逸呢。”

“不是这个意思。”破书摇摇头，又咳嗽起来。

“那倒要听听，老公公是什么意思。”紫面书追问一句。它心里当然不大佩服，以为书总是让人看的，有人看还说没意思，那么书的种族也无妨毁掉了。

“你们知道我多大年纪？”破书倚老卖老地问。

“在这里没有一个及得上你，这是可以肯定的。你是我们的老前辈。”蓝面书抢出来献殷勤。

“除掉零头不算，我已经三千岁了。”

“啊，三千岁！古老的前辈！咱们的光荣！”许多静静听着没开过口的书也情不自禁地喊出来。

“这并不稀奇，我不过出生在前罢了，除了这一点，还不是同你们一个样？”破书等大家安静下来，才继续往下说：“在这三千多年里头，我遇到的主人不下一百三十个。可是你们要知道，我流落到旧书铺里，现在还是第一次呢。以前是由第一个主人传给第二个，第二个又传给第三个，一直传了一百几十回。他们的关系是师生：老师传授，学生承受。老师干的就是依据着我教，学生干的就是依据着我学。传到第一二十代，学起来渐渐难了，等到明白个大概，可以教学生了，往往已经是白发老翁。再往后，当然也不会变得容易一些。他们传授的越来越少了，在这个人手里掉了三页，在那个人手里丢了五页，直把我弄成现在这副寒酸的样子。”

“老公公，你不用烦恼，”蓝面书怕老人家伤心，赶紧安慰他，“凡是古老的东西总是破碎不全的。破碎不全，才显得古色古香呢。”

“破碎不全倒也没有什么，”破书的回答出于蓝面书的意料，“我只为我的许多主人伤心。他们依据着我耗尽心力学，学成了，就去教学生。学生又依据着我耗尽心力学，学成了，又去教学生。我被他们吃进去，吐出来，是一代；再吃进去，再吐出来，又是一代。除了吃和吐，他们没干别的事。我想，

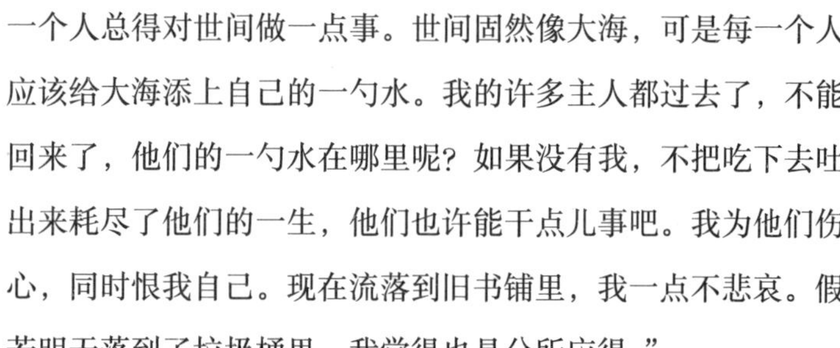

一个人总得对世间做一点事。世间固然像大海，可是每一个人应该给大海添上自己的一勺水。我的许多主人都过去了，不能回来了，他们的一勺水在哪里呢？如果没有我，不把吃下去吐出来耗尽了他们的一生，他们也许能干点儿事吧。我为他们伤心，同时恨我自己。现在流落到旧书铺里，我一点不悲哀。假若明天落到了垃圾桶里，我觉得也是分所应得。”

“老公公说得不错。要看书的也不可一概而论。像老公公遇见的那许多主人，他们太要看书，只知道看书，简直是书痴了，当然没有什么意思。”紫面书十分佩服地说。

月光不知在什么时候默默地溜走了。黑暗中，破书又发出一声伤悼它许多主人的叹息。

1930年2月1日发表

读与思

高尔基说，书籍是人类进步的阶梯。书是我们的学习工具，让我们获得各种知识和营养，它不是包装某种身份或沽名钓誉、欺世盗名的道具。同时，我们要讲究读书方法，切忌死读书、读死书，要用创造性的思维去读书，灵活掌握书本知识，用所学的知识为社会创造更多价值。你怎么看待读书的问题呢？快来和朋友讨论一下吧。

皇帝的新衣

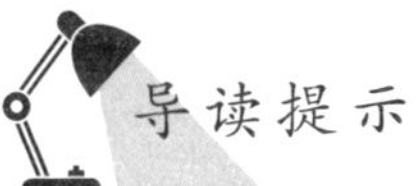

这是丹麦童话《皇帝的新衣》的续写。叶圣陶按照安徒生这个故事的情节发展下去：皇帝为了维护自己的尊严，明知被愚弄，还一意孤行，并颁下法律惩罚说出真相的人们。

两位皇帝同样愚蠢、顽固、虚荣，叶圣陶笔下的皇帝因为执迷不悟变得残暴，故事情节也更加荒诞、更具讽刺意味。文中运用了大量的语言描写，将各种人物形象的特征表现得淋漓尽致。

从前安徒生写过一篇故事，叫《皇帝的新衣》，想来看过的人很不少。

这篇故事讲一个皇帝最喜欢穿新衣服，就被两个骗子骗了。骗子说，他们制成的衣服漂亮无比，并且有一种神奇的力量，凡是愚笨的或不称职的人就看不见。他们先织衣料，接着就裁，就缝，都只是用手空比画。皇帝派大臣去看好几次。大臣没看见什么，但是怕人家说他们愚笨，更怕人家说他们不称职，就都说看见了，确是非常漂亮。新衣服制成的一天，皇帝正要举行一种大礼，就决定穿了新衣服出去。两个骗子请皇帝穿上了新衣服。皇帝也没看见新衣服，可是他也怕人家说他愚笨，更怕人家说他不称职，听见旁边的人一齐欢呼赞美，只好表示很得意，赤身裸体走出去了。沿路的民众也像看得十分清楚，一致颂扬皇帝的新衣服。可是小孩子偏偏爱说实心话，有一个喊出来："看哪，这个人没穿衣服。"大家听到，你看看我，我看看你，都笑了，终于喊起来："啊！皇帝真个没穿衣服！"皇帝听得真真的，知道上了当，像浇了一桶凉水；可是事儿已经这样，也不好意思再说回去穿衣服，只好硬着头皮往前走去。

以后怎么样呢？安徒生没说。其实以后还有许多事儿。

皇帝一路向前走，硬装作得意的样子，身子挺得格外直，以致肩膀和后背都有点儿酸疼了。跟在后面给他拉着空衣襟的侍臣知道自己正在做非常可笑的事儿，直想笑；可是又不敢笑，只好紧紧地咬住下嘴唇。护卫的队伍里，人人都死盯着地，不敢斜过眼去看同伴一眼；只怕彼此一看，就憋不住，哈哈大笑起来。

民众没有受过侍臣护卫那样的训练，想不到咬紧嘴唇，也想不到死盯着地，既然让小孩子说破了，说笑声就沸腾起来。

"哈哈，看不穿衣服的皇帝！"

"嘻嘻，简直疯了！真不害臊！"

"瘦猴！真难看！"

“吓，看他的胳膊和大腿，像煺毛的鸡！”

皇帝听到这些话，又羞又恼，越羞越恼，就站住，吩咐大臣们说：“你们没听见这群不忠心的人在那里嚼舌头吗？为什么不管！我这套新衣服漂亮无比，只有我才配穿；穿上，我就越显得尊严，越显得高贵：你们不是都这样说吗？这群没眼睛的浑蛋！以后我要永远穿这一套！谁故意说坏话就是坏蛋，就是反叛，立刻逮来，杀！就，就，就这样。赶紧去，宣布，这就是法律，最新的法律。”

大臣们不敢怠慢，立刻命令手下的人吹号筒，召集人民，用最严厉的声调把新法律宣布了。果然，说笑声随即停止了。皇帝这才觉得安慰，又开始往前走。

可是刚走出不远，说笑声很快地由细微变得响亮起来。

“哈哈，皇帝没……”

“哈哈，皮肤真黑……”

“哈哈，看肋骨一根根……”

“从来没有的新……”

皇帝再也忍不住了，脸气得一块黄一块紫，冲着大臣们喊：“听见了吗？”

“听见了。”大臣们哆嗦着回答。

“忘了刚宣布的法律啦？”

“没，没……”大臣们来不及说完，就转过身来命令兵士，“把所有说笑的人都抓来！”

街上一阵大乱。兵士跑来跑去，像圈野马一个样，用长枪拦截逃跑的人。人们往四面逃散，有的摔倒了，有的从旁人的肩上蹿出去。哭的，叫的，简直乱成一片。结果捉住了四五十个人，有妇女，也有小孩子。皇帝命令就地正法，为的是叫人们知道他的话是说一不二，将来没有人再敢犯那新法律。

从此以后，皇帝当然不能再穿别的衣服。上朝的时候，回到后宫的时候，他总是赤裸着身体，还常常用手摸摸这，摸摸那，算作整理衣服的皱纹。他的妃子和侍臣们呢，本来也忍不住要笑的；日子多了，就练成一种本领，看到他黑瘦的身体，看到他装模作样，也装得若无其事，不但不笑，反倒像也相信他是穿着衣服的。在妃子和侍臣们，这种本领是非有不可的；如果没有，那就不要说地位，简直连性命也难保了。

可是天地间什么事儿都难免例外，也有因为偶尔不小心就倒了霉的。

一个是最受皇帝宠爱的妃子。一天，她陪着皇帝喝酒，为了讨皇帝的欢喜，斟满一杯鲜红的葡萄酒送到皇帝嘴边，一面撒娇说："愿您一口喝下去，祝您寿命跟天地一样长久！"

皇帝非常高兴，嘴张开，就一口喝下去。也许喝得太急了，一声咳嗽，喷出很多酒，落在胸膛上。

"啊呀！把胸膛弄脏了！"

"什么？胸膛！"

妃子立刻醒悟了，粉红色的脸变成灰色，颤颤抖抖地说：

“不，不是；是衣服脏了……”

“改口也没有用！说我没穿衣服，好！你愚笨，你不忠心，你犯法了！”皇帝很气愤，回头吩咐侍臣：“把她送到行刑官那里去！”

又一个是很有学问的大臣。他虽然也勉强随着同伴练习那种本领，可是一看见皇帝一丝不挂地坐在宝座上，就觉得像只剃去了毛的猴子。他总怕什么时候不小心，笑一声或说错一句话，丢了性命。所以他假说要回去侍奉年老的母亲，向皇帝辞职。

皇帝说：“这是你的孝心，很好，我准许你辞职。”

大臣谢了皇帝，转身下殿，好像肩上摘去五十斤重的大枷，心里非常痛快，不觉自言自语地说：“这回可好了，再不用看不穿衣服的皇帝了。”

皇帝听见仿佛有“衣服”两个字，就问下面伺候的臣子：“他说什么啦？”

臣子看看皇帝的脸色，很严厉，不敢撒谎，就照实说了。

皇帝的怒气像一团火喷出来：“好！原来你不愿意看见我，才想回去。——那你就永远也不用想回去了！”他立刻吩咐侍臣：“把他送到行刑官那里去。”

经过这两件事以后，无论在朝廷或后宫，人们都更加谨慎了。

可是一般人民没有妃子和群臣那样的本领，每逢皇帝出来，看到他那装模作样的神气，看到他那干柴一样的身体，就忍不住要指点，要议论，要笑。结果就引起残酷的杀戮。皇帝祭天的那一回，被杀的有三百多人；大阅兵的那一回，被杀的有五百多人；巡行京城的那一回，因为经过的街道多，说笑的人更多，被杀的竟有一千多人。

人死得太多，太惨，一个慈心的老年大臣非常不忍，就想设法阻止。他知道皇帝是向来不肯认错的；你要说他错，他越说不错，结果还是你自己吃亏。妥当的办法是让皇帝自愿地穿上衣服；能够这样，说笑没有了，杀戮的事儿自然也就没有了。他一连几夜没睡觉，想怎么样才能让皇帝自愿地穿上衣服。

办法算是想出来了。那老臣就去朝见皇帝，说："我有个最忠心的意思，愿意告诉皇帝。您向来喜欢新衣服，这非常对。新衣服穿在身上，小到一个纽扣都放光，您就更显得尊严，更显得荣耀。可是近来没见您做新衣服，总是国家的事儿多，所以忘了吧？您身上的一套有点儿旧了，还是叫缝工另做一套，赶紧换上吧！"

"旧了？"皇帝看看自己的胸膛和大腿，又用手上上下下摸一摸，"没有的事！这是一套神奇的衣服，永远不会旧。我要永远穿这一套，你没听见我说过吗？你让我换一套，是想叫我难看，叫我倒霉。我看你向来还不错，年纪又大了，不杀你；去住监狱去吧！"

那老臣算是白抹一鼻子灰，杀人的事儿还是一点儿也没减少。并且，皇帝因为说笑总不能断，心里很烦恼，就又规定一条更严厉的法律。这条法律是这样：凡是皇帝经过的时候，人民一律不准出声音；出声音，不管说的是什么，立刻捉住，杀。

这条法律宣布以后，一般老成人觉得这太过分了。他们说，讥笑治罪固然可以，怎么小声说说别的事儿也算犯罪，也要杀死呢？大伙就聚集到一起，排成队，走到皇宫前，跪在地上，说有事要见皇帝。

皇帝出来了，脸上有点儿惊慌，却装作镇静，大声喊："你们来干什么？难道要造反吗？"

老成人头都不敢抬，连声说："不敢，不敢。皇帝说的那样的话，我们做梦也不敢想。"

皇帝这才放下心，样子也立刻显得威严高贵了。他用手摸摸其实并没有的衣襟，又问："那么你们来做什么呢？"

"我们请求皇帝，给我们言论的自由，给我们嬉笑的自由。那些胆敢说皇帝笑皇帝的，确是罪大恶极，该死，杀了一点儿也不冤枉。可是我们决不那样，我们只要言论自由，只要嬉笑自由。请皇帝把新定的法律废了吧！"

皇帝笑了笑，说："自由是你们的东西吗？你们要自由，就不要做我的人民；做我的人民，就得遵守我的法律。我的法律是铁的法律。废了？吓，哪有这样的事！"他说完，就转过身走进去。

老成人不敢再说什么。过了一会儿，有几个人略微抬起头来看看，原来皇帝早已走了；没有办法，大家只好回去。从此以后，大家就变了主意，只要皇帝一出来，就都关上大门坐在家里，谁也不再出去看。

有一天，皇帝带着许多臣子和护卫的兵士到离宫去。经过的街道，空空洞洞的，没有一个人；家家的门都关着。大街上只有嚓、嚓、嚓的脚步声，像夜里偷偷地行军一个样。

可是皇帝还是疑心，他忽然站住，歪着头细听。人家的墙里像有声音，他严厉地向大臣们喊："没听见吗？"

大臣们也立刻歪着头细听，赶紧瑟缩地回答：

"听见啦，是小孩子哭。"

"还有，是一个女人唱歌。"

"有笑的声音——像是喝醉了。"

皇帝的怒火又爆发了，他大声向大臣们吆喝："一群没用的东西，忘了我的法律啦？"

大臣们连声答应几个"是"，转过身就命令兵士，把里面有声音的门都打开，不论男女，不论大小，都抓出来，杀。

没想到的事儿发生了。兵士打开很多家大门，闯进去捉人；这许多家的男男女女、老老小小就一齐拥出来。他们不向四外逃，却一齐扑到皇帝跟前，伸手撕皇帝的肉，嘴里大声喊："撕掉你的空虚的衣裳！""撕掉你的空虚的衣裳！"

这真是从来没见过的又混乱又滑稽的场面。男人的健壮的手拉住皇帝的枯枝般的胳膊，女人的白润的拳头打在皇帝的又黑又瘦的胸膛上，有两个孩子也挤上来，一把就揪住皇帝腋下的黑毛。人围得风雨不透，皇帝东窜西撞，都被挡回来；他又想蹲下，学刺猬，缩成一个球，可是办不到。最不能忍的是腋下痒得难受，他只好用力夹胳膊，可是也办不到。他急得缩脖子，皱眉，掀鼻子，咧嘴，简直难看透了，惹得大家哈哈大笑。

兵士从各家回来，看见皇帝那副倒霉的样子，活像被一群马蜂蜇得没办法的猴子，也就忘了他往常的尊严，随着大家哈哈大笑起来。

大臣们呢，起初是有些惊慌的，听见兵士笑了，又偷偷看看皇帝，也忍不住哈哈大笑起来。

笑了一会儿，兵士和大臣们才忽然想到，原来自己也随着人民犯了法。以前人民笑皇帝，自己帮皇帝处罚人民，现在自己也站在人民一边了。看看皇帝，身上红一块紫一块，哆嗦成一团，活像水淋过的鸡，确实好笑。好笑的就该笑，皇帝却不准笑，这不是浑蛋法律吗？想到这里，他们也随着人民大声喊：“撕掉你的空虚的衣裳！撕掉你的空虚的衣裳！”

你猜皇帝怎么样？他看见兵士和大臣们也倒向人民那一边，不再怕他，就像从天上掉下一块大石头砸在头顶上，身体一软就瘫在地上。

1930年1月20日发表

读与思

得道多助失道寡助，执迷不悟的皇帝最终遭到众叛亲离，落得了个孤家寡人的结果。一个人犯了错并不可怕，可怕的是为了虚荣和贪婪而执迷不悟，一错再错。亡羊补牢，为时未晚，如果能够认识到错误，并及时改正，就可以制止荒诞的延续。你愿意做知错就改的人吗？不妨和朋友交流一下吧。

含羞草

文章将含羞草拟人化，通过对含羞草语言、动作情态等的细致描写，再加上对比手法的运用，栩栩如生地刻画出了各种角色形象。让读者明白，含羞草之所以“含羞”，原来是替这不合理的世间而感到羞愧。

这篇寓言故事语言优美、生动有趣、通俗易懂，又令人深思。

一棵小草跟玫瑰是邻居。小草又矮又难看，叶子细碎，像破梳子，茎瘦弱，像麻线，站在旁边，没一个人看它。玫瑰可不同了，绿叶像翡翠雕成的，花苞饱满，像奶牛的乳房，谁从旁边过，都要站住细看看，并且说：“真好看！快开了。”

玫瑰花苞里有一个，仰着头，扬扬得意地说：“咱们生来是玫瑰花，太幸运了。将来要过什么样的幸福生活，现在还说不准，咱们先谈谈各自的愿望吧。春天这么样长，闷着不谈谈，真有点儿烦。”

“我愿意来一回快乐的旅行，”一个脸色粉红的花苞抢着说，“我长得漂亮，这并不是我自己夸，只要有眼睛的就会相信。凭我这副容貌，我想跟我一块儿去的，不是阔老爷，就是阔小姐。只有他们才配得上我呀。他们的衣服用伽南香熏过，还洒上很多巴黎的香水，可是我蹲在他们的衣襟上，香味最浓，最新鲜，真是压倒一切，你说这是何等荣耀！车，不用说，当然是头等。椅子呢，是鹅绒铺的，坐上去软绵绵的，真是舒服得不得了。窗帘是织锦的，上边的花样是有名的画家设计的。放下窗帘，你可以欣赏那名画，并且，车里光线那么柔和，睡一会儿午觉也正好。要是拉开窗帘，那就更好了，窗外边清秀的山林、碧绿的田野，在那里飞，飞，飞，转，转，转。这样舒服的旅行，我想是最有意思的了。”

“你想得很不错呀！”好些玫瑰花苞在暖暖的春天本来有点儿疲倦，听它这么一说，精神都来了，好像它们自己已经蹲在阔老爷阔小姐的衣襟上，正坐在头等火车里作快乐的旅行。

可是左近传来轻轻的慢慢的声音：“你要去旅行，的确是很有意思，可是，为什么一定要蹲在阔老爷阔小姐的衣襟上呢？你不能谁也不靠，自己想怎么着就怎么着吗？并且，你为什么偏看中了头等车呢？一样是坐火车，我劝你坐四等车。”

“听，谁在那儿说怪话？”玫瑰花苞们仰起头看，天青青的，灌木林里只有几个蜜蜂嗡嗡地飞，鸟儿一个也没有，大概是到树林里玩耍去了——找不到那个说话的。玫瑰花苞们低下头一看，明白了，原来是邻居的小草，它抬着头，摇摆着身子，像一个辩论家似的，正在等对方答复。

“头等车比四等车舒服，我当然要坐头等车。”愿意旅行的那个玫瑰花苞随口说。说完，它又想，像小草这么卑贱的东西，怎么能懂得什么叫舒服，非给它解释一下不可。它就用教师的口气说：“舒服是生活的尺度，你知道吗？过得舒服，生活才算有意义，过得不舒服，活一辈子也是白活。所以吃东西就要山珍海味，穿衣服就要绫罗绸缎。吃杂粮，穿粗布，自然也可以将就活着，可是，有吃山珍海味、穿绫罗绸缎舒服吗？当然没有。就为这个，我就不能吃杂粮，穿粗布。同样的道理，四等车虽然也可以坐着去旅行，我可看不上。座位那么脏，窗户那么小，简直得憋死。你倒劝我去坐四等车，你安的什么心？”

小草很诚恳地说：“哪样舒服，哪样不舒服，我也不是不明白，只是，咱们来到这世界，难道就专为求舒服吗？我以为不见得，并且不应该。咱们不能离开同伴，自个儿过日子。并且，自己舒服了，看见旁边有好些同伴正在受罪，又想到就因为自己舒服了他们才受罪，舒服正是罪过，这时候舒服还能不变成烦恼吗？知道是罪过，是烦恼，还有人肯去做吗？求舒服，想吃好的，穿好的，用好的，都是不知道反省，不知道自己的行为是罪过的人。”

愿意旅行的那个玫瑰花苞很看不起小草，冷笑了一声说：“照你这么说，大家挤在监狱似的四等车里去旅行，才是最合理啦！那么，最舒服的头等车当然用不着了，只好让可怜的四等车在铁路上跑来跑去了，这不是退化是什么？你大概还不知道，咱们的目的是世界走向进化，不是走向退化。”

“你居然说到进化！”小草也冷笑一声，“我真忍不住笑了。你自己坐头等车，看着别人猪羊一样在四等车里挤，这就算是走向进化吗？照我想，凡是有一点儿公平心的，他也一样盼望世界进化，可是在大家不能都有头等车坐的时候，他就宁可坐四等车。四等车虽然不舒服，比起亲自干不公平的事儿来，还舒服得多呢。”

“嘘！嘘！嘘！”玫瑰花苞们嫌小草讨厌，像戏院的观众对付坏角色一样，想用嘘声把它轰跑，“无知的小东西，别再胡说了！”

“咱们还是说说各自的希望吧。谁先说？”一个玫瑰花苞提醒大家。

“我愿意在赛花会里得第一名奖赏。”说话的是一朵半开的玫瑰花，它用柔和的颤音说，故意显出娇媚的样子，“在这个会上，参加比赛的没有凡花野花，都是世界上第一等的，稀有的，还要经过细心栽培，细心抚养，一句话，完全是高等生活里培养出来的。在这个会上得第一名奖赏，就像女郎当选全世界的第一美人一个样，真是什么荣耀也比不上。再说会上的那些裁判员，没一个是一知半解的，他们学问渊博，有正确的审美标准，知道花的姿势怎么样才算好，颜色怎么样才算好，又有历届赛花会的记录做参考，当然一点儿也不会错。他们判定的第一名，是地地道道的第一名，这是多么值得骄傲。还有呢，彩色鲜明、气味芬芳的会场里，挤满了高贵的文雅的男女游客，只有我，站在最高的紫檀几上的古瓷瓶里，在全会场的中心，收集所有的游客的目光。看吧，爱花的老翁拈着胡须向我点头了，华贵的阔佬挺着肚皮对我出神了，美丽的女郎也冲着我，从红嘴唇的缝儿里露出微笑了。我，这时候，简直快活得醉了。”

“你也想得很不错呀！”好些玫瑰花苞都一致赞美。可是想到第一名只能有一个，就又都觉得第一名应该归自己，不应该归那个半开的：不论比种族，比生活，比姿势，比颜色，自己都不比那个半开的差。

但是那个好插嘴的小草又说话了，态度还是很诚恳的：“你想上进，比别人强，志气确是不错。可是，为什么要到赛花会里去争第一名呢？你不能离开赛花会，显显你的本事吗？并且，你为什么这样相信那些裁判员呢？依我说，同样的裁判，我劝你宁可相信乡村的庄稼佬。”

“你又胡说！”玫瑰花苞们这回知道是谁说话了，低下头看，果然是那邻居的小草，它抬着头，摇摆着身子，在那里等着答复。

愿意得奖的玫瑰花苞歪着头，很看不起小草的样子，自言自语说："相信庄稼佬的裁判？太可笑了！不论什么事，都有内行，有外行，外行夸奖一百句，不着边儿，不如内行的一句。我不是说过吗？赛花会上那些裁判员，有学问，有标准，又有丰富的参考，对于花，他们当然是百分之百的内行。为什么不相信他们的裁判呢？"它说到这里，心里的骄傲压不住了，就扭一扭身子，显显漂亮，接着说："如果我跟你这不懂事的小东西摆在一起，他们一定选上我，踢开你。这就证明他们有真本领，能够辨别什么是美，什么是丑。为什么不相信他们的裁判呢？"

"我并不想跟你比赛，抢你的第一名，"小草很平静地说，"不过你得知道，你们以为最美丽的东西，不过是他们看惯了的东西罢了。他们看惯了把花朵扎成大圆盘的菊花，看惯了枝干弯曲得不成样子的梅花，就说这样的花最美丽。就说你们玫瑰吧，你们的祖先也这么臃肿吗？当然不是。也因为他们看惯了臃肿的花，以为臃肿就是美，园丁才把你们培养成这样子，你还以为这是美丽吗？什么爱花的老翁、华贵的阔佬、美丽的女郎，还有有学问有标准的裁判员，他们是一伙儿，全是用习惯代替辨别的人物。让他们夸奖几句，其实没有什么意思。"

愿意得奖的玫瑰花苞生气了，噘着嘴说："照你这么一说，赛花会里就没一个人能辨别啦？难道庄稼佬反倒能辨别吗？只有庄稼佬有辨别的眼光，咳！世界上的艺术真算完了！"

“你提到艺术，”小草不觉兴奋起来，“你以为艺术就是故意做成歪斜屈曲的姿势，或者高高地站在紫檀几上的古瓷瓶里吗？依我想，艺术要有活跃的生命、真实的力量，别看庄稼佬……”

“不要听那小东西乱说了，”另一个玫瑰花苞说，“看，有人买花来了，咱们也许要离开这里了。”

来的是个肥胖的厨子，胳膊上挎着个篮子，篮子里盛着脖子割破的鸡、腮盖一起一落的快死的鱼，还有一些青菜和莴苣。厨子背后跟着个弯着腰的老园丁。

老园丁举起剪刀，咔嚓咔嚓，剪下一大把玫瑰花苞。这时候，有个蜜蜂从叶子底下飞出来，老园丁以为它要蜇手，一袖子就把它拍到地上。

剪下来的玫瑰花苞们一半好意，一半恶意，跟小草辞别说：“我们走了，荣耀正在等着我们。你自个儿留在这里，也许要感到寂寞吧？”它们顺手推一下小草的身体，算是表示恋恋不舍的感情。

一阵羞愧通过小草的全身，破梳子般的叶子立刻合拢来，并且垂下去，正像一个害羞的孩子，低着头，垂着胳膊。它替无知的庸俗的玫瑰花苞们羞愧，明明是非常无聊，它们却以为十分光荣。

过了一会儿，小草忽然听见一个低微的嗡嗡的声音，像病人的呻吟。它动了怜悯的心肠，往四下里看看，问：“谁哼哼

哪？碰见什么不幸的事儿啦？”

“是我，在这里。我被老园丁拍了一下，一条腿受伤了，痛得很厉害。”声音是从玫瑰丛下边的草丛里发出来的。

小草往那里看，原来是一只蜜蜂。它很悲哀地说：“你的腿受伤啦？要赶紧找医生去治，不然，就要成瘸子了。”

“成了瘸子，就不能站在花瓣上采蜜了！这还了得！我要赶紧找医生去。只是不知道什么地方有医生。”

“我也不知道——喔，想起来了，常听人说‘药里的甘草’，甘草是药材，一定知道什么地方有医生。隔壁有一棵甘草，等我问问它。”小草说完，就扭过头去问甘草。

甘草回答说，那边大街上，医生多极了，凡是门口挂着金字招牌，上边写某某医生的都是。

“那你就快到那边大街上，找个医生去治吧！”小草催促蜜蜂说，“你还能飞不能？要是还能飞，你要让那只受伤的腿蜷着，防备再受伤。”

“多谢！我就照你的话办。我飞是还能飞，只是腿痛，连累得翅膀没力气。忍耐着慢慢飞吧。”蜜蜂说完，就用力扇翅膀，飞走了。

小草看蜜蜂飞走了，心里还是很惦记它，不知道能不能很快治好，如果十天半个月不能好，这可怜的小朋友就要耽误工作了。它一边想，一边等，等了好半天，才见蜜蜂哭丧着脸飞回来，翅膀好像断了似的，歪歪斜斜地落下来，受伤的腿照旧蜷着。

“怎么样？”小草很着急地问，“医生给你治了吗？”

“没有。我找遍了大街上的医生，都不肯给我治。”

“是因为伤太重，他们不能治吗？”

“不是。他们还没看我的腿，就跟我要很贵的诊费。我说我没有钱，他们就说没钱不能治。我就问了：‘你们医生不是专给人家治病的吗？我受了伤为什么不给治？’他们反倒问我：‘要是谁有病都给治，我们真个吃饱了没事做吗？’我就说：‘你们懂得医术，给人治病，正是给社会尽力，怎么说吃饱了没事做呢？’他们倒也老实，说：‘这种力我们尽不了，你把我们捧得太高了。我们只知道先接钱，后治病。’我又问：‘你们诊费诊费不离口，金钱和治病到底有什么分不开的关系呢？’他们说：‘什么关系？我们学医术，先得花钱，目的就在现在给人治病挣更多的钱。你看金钱和治病的关系怎么能分开？’我再没什么话跟他们说了，我拿不出诊费，只好带着受伤的腿飞回来。朋友，我真没想到，世界上有这么多医生，却不给没钱的人治病！”蜜蜂伤感极了，身体歪歪斜斜的，只好靠在小草的茎上。

又是一阵羞愧通过小草的全身，破梳子般的叶子立刻合拢来，并且垂下去，正像一个害羞的孩子，低着头，垂着胳膊。它替不合理的世间羞愧，有病走进医生的门，医生却拒绝医治。

没多大工夫，一个穿短衣服的男子来了，买了小草，装在盆里带回去，摆在屋门前。屋子是草盖的，泥土打成的墙，没有窗，只有一个又矮又窄的门。从门往里看，里边一片黑。这屋子附近还有屋子，也是这个样子。这样的草屋有两排，面对面，当中夹着一条窄巷，满地是泥，脏极了，苍蝇成群，有几处还存了水。水深黑色，上边浮着一层油光，仔细看，水面还在轻轻地动，原来有无数孑孓在里边游泳。

小草正往四处看，忽然看见几个穿制服的警察走来，叫出那个穿短衣服的男子，怒气冲冲地说："早就叫你搬开，为什么还赖在这里？"

"我没地方搬呐！"男子愁眉苦脸地回答。

"胡说！市里空房子多得很，你不去租，反说没地方搬！"

"租房子得钱，我没有钱哪！"男子说着，把两只手一摊。

"谁叫你没有钱！你们这些破房子最坏，着了火，一烧就是几百家，又脏成这样，闹起瘟疫来，不知道要害死多少人。早就该拆。现在不能再宽容了，这里要建筑华丽的市场，后天开工。去，去，赶紧搬，赖在这里也白搭！"

"往哪儿搬！叫我搬到露天去吗？"男子也生气了。

"谁管你往哪儿搬！反正得离开这儿。"说着，警察就钻进草屋，紧接着一件东西就从屋里飞出来，掉在地上，嘭！是一个饭锅。饭锅在地上连转带跑，碰着小草的盆子。

又是一阵羞愧通过小草的全身，破梳子般的叶子立刻合拢

来，并且垂下去，正像一个害羞的孩子，低着头，垂着胳膊。它替不合理的世间羞愧，要建筑华丽的市场，却不管人家有没有住的地方。

这小草，人们叫它“含羞草”，可不知道它羞愧的是上边讲的一些事儿。

1930年2月20日发表

读与思

玫瑰花苞心里只有自己，而含羞草却心怀天下，想着世界进化并不是只要一个人舒适、一个人富有就够了。如果心里时刻装着别人，尽力帮助你身边的人，那么在你需要帮助的时候，自然会有人来帮助你，这样世界就会变得更加有爱，更加美好。你觉得呢？

蚕和蚂蚁

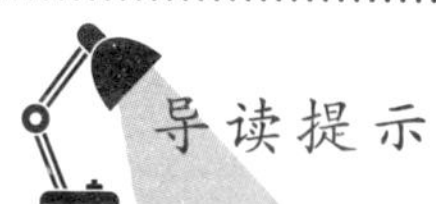

蚕认为“世界上哪会有不白做的工作”，蚂蚁认为“世界上哪会有白做的工作”，这两种不同的认知导致了它们对工作产生了截然不同的看法。

蚕说：什么叫工作？没意思，没道理。蚂蚁说，我们赞美工作，工作就是生命。

这种对比的手法贯穿全文，加上生动形象的语言、动作等描写，让人明白：世界上真有不是白做的工作，蚂蚁们赞美工作确实有道理。

撒，撒，撒，像秋天细雨的声音，所有的蚕都在那里吃桑叶。它们也不管桑叶是好是坏，只顾往下吞，好像它们生到世上来，只有吃桑叶一件大事。

不大一会儿，桑叶光了，只剩下一些脉络。蚕的灰白色的身体完全露出来，连成一个平面，在那里波动。养蚕的人来了，又盖上大批桑叶，撒撒撒的声音跟着响起来，并且更响了，像一阵秋风吹过，送来紧急的雨声。

蚕里有一条，蹲在竹器的边上，挺着胸，抬着头，不吃桑叶，并且一动也不动。它是要入眠吗？是吃得太饱吗？不，都不是。它是正在那里想。看它那副神气，俨然是个沉默深思的思想家。

不管什么事儿，只要能想，到底会弄明白的。

它先想自己生在世上究竟为了什么，是不是专为吃桑叶这件大事。它查考祖先的历史，看它们的经历怎么样。祖先是吃够了桑叶做成茧，人们把茧扔到开水里，抽出丝来织成绸缎，做成华丽的衣裳。它明白了，蚕生到世上来，唯一的大事是做茧。吃桑叶并不是大事，只是一种手段，不吃桑叶就做不成茧，为做茧就得先吃桑叶。想到这里，它灰心极了，辛辛苦苦一辈子，原来是为那全不相干的“人”！它再不想吃桑叶了，只是挺着胸，抬着头，一动也不动地蹲在竹器边上。

又一批新桑叶盖到蚕身上，急雨似的声音又紧跟着响起来。只有它，连看都不看。

左近有个细微的声音招呼它：“朋友，又上新叶啦！怎么不吃啊？客气可就吃不着啦。”

它头也不回，自言自语地说：“你们只知道‘吃’，‘吃’！我饱得很，太饱了，不想吃！”

“你一定在什么地方吃了更好的东西吧？”话刚说完，来

不及等答话，嘴早就顺着桑叶边缘一上一下地啃去了。

“更好的东西！你们就不能把‘吃’扔下，动动脑筋吗？我饱了，是因为厌恶，很深的厌恶！”

“你厌恶什么？”

“厌恶什么？厌恶工作。没有比工作更讨厌的了。从今以后，我决定不再工作。我刚编了一支歌，唱给你听听。”它就唱起来：

什么叫工作？
没意思，没道理，
什么也得不着，白费力气。
我们不要工作，
看看天，望望地，
一直到老死，乐得省力气。

但是跟它说话的那条蚕还没听完它的新歌，就爬到另一张桑叶的背面去了。其余的蚕全没留心有个朋友决心不吃桑叶的事。

什么叫工作？
没意思，没道理，
……

它一边唱，一边爬，就到了竹器的外边。既然决定不再工作，何妨离开工作的地方呢？并且，那些糊里糊涂只知道吃的同伴，也实在教人看着生气。它从木架上往下爬，恨不得赶紧离开，脚的移动就加快，不大工夫就爬到屋子外边的地面上。它站住，听听，听不见同伴吃桑叶的声音了，就挺起胸，抬起头，开始过那“看看天，望望地”的“不要工作”的日子。

忽然像针刺似的，它觉着尾巴那儿一阵痛，身体不由自主地扭动一下，连忙回头看，原来是一个蚂蚁。

那蚂蚁自言自语地说：“想不到还是活的。”

“你以为我是死的吗？”

“你像掉在地上的一节干树枝，我以为至少死了三天了。”

“你看我身体干瘦吗？”

“不错。你既然还活着，为什么这样干瘦呢？”

“你知道我决心不吃东西了吗？”

“你这是怎么啦？为什么想自杀，把自己饿死？”

“我厌恶工作。我看透了，吃东西只是为了工作，我不想再吃了。小朋友，我有支新编的歌，唱给你听听。”

蚂蚁听蚕有气没力地唱它的宣传歌，忍不住笑了，它说：“哪里来的怪思想！不要工作，这不等于不要生命，不要种族了吗？”

蚕呆呆地看了蚂蚁一眼，叹息着说：“生命和种族，我看也没什么意思。开水里煮，丝一条条地抽出去，想起这些事，我眼前就一团黑。”

"我从来没听见过这样的话，大概你工作太累，神经有点儿昏乱了。我们也有歌，唱给你听听，让你清醒一下吧。"

"你们也有歌？"

"有。我们都能唱。唱起歌来，像是精神开了花。"

说着，蚂蚁就用触角一上一下地打着拍子，唱起歌来：

我们赞美工作，
工作就是生命。
它给我们丰富的报酬，
它使我们热烈地高兴。
我们全群繁荣，
我们个个欣幸。
工作！工作！
——我们永远的歌声。

蚂蚁唱完了，哈哈大笑，接着就仰起头，摇动着腿，跳起舞来。蚂蚁一边跳一边问："我们的歌比你那倒霉的歌怎么样？你说谁有光明的前途？"

蚕猜想那小东西一定也是什么都不知道的，跟那些死守在竹器里吃桑叶的同伴一模一样，不然，就想不透它这一团高兴是哪儿来的。就问："难道没有一锅开水等着你们吗？"

蚂蚁摇摇头，说："我们喜欢喝凉水，渴了，我们就到那

边清水池子里去喝。”

“不是说这个。是说没有‘人’用开水煮你们抽丝吗？”

“什么叫‘人’？我不懂。”

蚕想解释，可是不知道怎么说才好。停一会儿，它决定从另一个方面问：“难道你们的工作不是白做的吗？”

“你怎么问这个？”蚂蚁很惊奇，“世界上哪会有白做的工作！”

“我的意思正跟你相反，世界上哪会有不白做的工作！”

“你不信？去看看我们就明白了。我们的工作没有白做的，只要费一点儿力，就能对全群有贡献，给全群增福利。”

“我想不出来你说的那样的事，我只知道工作的结果是全群叫开水煮死。”

蚂蚁有些不耐烦：“顽固的先生，怎么跟你说你也明白不了，只有亲眼去看，你才知道我不是骗你。我现在有工作，还要去找吃的，不能陪你去，给你一封介绍信吧。”说着，伸出前腿，把介绍信交给蚕——介绍信上的字，要是人类，就得用很好的显微镜才能看见。

蚕接了介绍信，懒懒地说：“谢谢你。我反正不想工作，在这儿也没事做，去看看也好。”

它们分别了。蚂蚁匆匆地跑去，跑一段路，停一会儿，四处看看，换个方向，又匆匆地跑去。蚕懒洋洋地爬着，好像每个环节移动一点儿都要停好久似的。

蚕慢慢爬，爬，终于到了蚂蚁的国土。它把介绍信递给门前的守卫，就得到很热诚的招待。它们领着它去参观各种工作，运粮食、开道路、造房屋、管孩子，又领着它参观各种地方，隧道、礼堂、育儿室、储藏室。它好像到了另一个世界，看它们个个都有精神，卖力气，忙碌，可是也很愉快，真个工作就是它们的生命。最后，都看完了，它们开会招待它，大家合唱以前那个蚂蚁唱给它听的那支歌：

我们赞美工作，
工作就是生命。
它给我们丰富的报酬，
它使我们热烈地高兴。
我们全群繁荣，
我们个个欣幸。
工作！工作！
——我们永远的歌声。

蚕细心听着，听到“工作！工作！——我们永远的歌声”那儿，眼泪忍不住掉下来。它这才相信，世界上真有不是白做的工作，蚂蚁们赞美工作确实有道理。

1930年12月17日写毕（原题为《蚕儿和蚂蚁》）

读与思 

俗话说，一分耕耘一分收获。生命既然只有一次，又是那样的短暂，我们何不在生命的质量上下功夫呢？对于我们青少年来说，抓住每一个今天，全力以赴地去学习，争取不浪费每一分每一秒，那么你的付出都会在日后得到回报，你也能真正感受到生活的意义。你说对吗？

熊夫人幼稚园

在文章的开头，作者就告诉读者们，熊夫人是一位“热心的真诚的”教育家。这位教育家遇到了虎儿、鸡儿、猴儿、猪儿、麒麟等等学生，它们都有各自不同的要求。这可把熊夫人难住了，因为它无法同时满足大家的要求。最后，诚实、热心，而又认真细致的熊夫人只好关掉了幼稚园。

什么叫作教育家？就是教导孩子们，养护孩子们，使孩子们样样都好，样样都长进的。

儿童刊物《儿童世界》登载过一种连环画，接连有好多期，叫作《熊夫人幼稚园》。在那熊夫人开设的幼稚园里，有虎儿、鸡儿、猴儿、猪儿、象儿、麒麟等孩子，他们很淘气，常常想方设法捉弄熊夫人，结果受到熊夫人的训诫和斥责。故事都非常有趣，小朋友看了总不会忘记。有些小朋友也许会在梦里走进那个幼稚园，跟虎儿、猴儿们一起玩儿呢。

现在讲的是那个幼稚园最末了的故事。

熊夫人是一位热心的真诚的教育家。什么叫作教育家？就是教导孩子们，养护孩子们，使孩子们样样都好，样样都长进的。教育家前头又加上“热心的”和“真诚的”，可知熊夫人绝不是随随便便的、马马虎虎的教育家。她当教育家不惜用全副的精神，并且希望收到完满的效果。

一天午后，孩子们刚从午睡醒来，大家神清气爽，一对对小眼睛看着熊夫人闪闪地发光。他们都一声不响，仿佛在等候熊夫人嘴里出现什么神奇的故事。熊夫人看孩子们这样安静，心里十分愉快。她想：这时刻不像平常那样闹嚷嚷的，如果把早就想问他们的问题在这时刻提出来，真是再适宜没有的了。

熊夫人轻轻拍了几下手掌——这是她的习惯，跟孩子们说话之前总得先拍几下手掌，然后用她那温和的语调说：“孩子们，我要问你们几句话，请你们各自回答我，说得越仔细越好。你们怎么想就怎么说，不要隐藏一丝儿在脑子里。”

象儿有点呆气，但是很听熊夫人的话。他说：“知道了，我决不隐藏一丝儿。老师，您要是不相信，可以剖开我的脑壳来看。”

猴儿性急，他想起前一回猜中了谜语，得到熊夫人奖赏的糖果，不禁咽了一口唾沫。他盖住孩子们的笑声，喊着说：“老师您快问吧。我们回答得仔细，您可不要舍不得糖果。”

“糖果！”“糖果！”孩子们的舌尖上仿佛感到有点儿甜，

都咂起嘴来。

“现在我发问了，”熊夫人又拍了几下手掌，引起孩子们的注意，“你们为什么要到我这里来？这句话明白吗？换一句话说，就是你们要从我这里得到些什么？你们各自把想说的告诉我吧，最明白自己的莫过于自己。”

虎儿的手立刻举起来了，身子也耸起了半截。接着，别的孩子也举起手，都表示愿意回答。

熊夫人感激地笑了。她指着虎儿说：“照我们平时的规则，虎儿先举手，你先说给我听。”

虎儿得意地站起来，捋着虎须，一双眼珠子向四周一扫，表示他的威武。他响亮地说：“老师，您当然知道我属于怎样一个种族。我们是喝别种动物的血、吃别种动物的肉过日子的。就是眼前这些同学，他们的祖先大半进了我们的祖先的胃肠！”

像鸡儿那样比较弱小的孩子，听到这话不禁浑身颤抖，眼睛定定的，好像大祸就在面前。象儿却不觉得什么，他带着嘲笑的口气提醒虎儿说：“虎儿，这里不是山林，难道你要学你的祖先，做出些不体面的事儿来吗？”

“不，”虎儿直爽地回答，“我现在年纪还小，还在吃奶，不必学我的祖先。但是生活方法天然注定，非喝别种动物的血、吃别种动物的肉不可，这有什么想法？我将来一定得跟我的祖先一样生活，这是无须忌讳的。”他转向熊夫人说：“老师，因为我将来一定得跟我的祖先一样生活，所以要请您指导，练成跟我的祖先一样的本领。我们有一种特别的技能，叫作‘虎啸’，伸长了脖子呼啸一声，能使周围的动物个个失魂丧魄，寻不着逃生的路，只好伏在那里等待我们走过去开宴。这种技能，我是必须练成的，希望您好好地给我指导。我们又有一种扑攫的功夫。别的动物离我们还比较远，我们能够像生了翅膀似的扑过去把他攫住，又一定攫住大动脉的部位，使他无论如何不能逃生，还便于吸尽他的最精华的血液。这种功夫也是我必须练成的，希望您给我好好地指导。此外没有了。”

熊夫人闭了闭眼睛，把虎儿的话想过一遍，记住他所希望的是什么，然后向鸡儿点头问道：“鸡儿，现在轮到你了。你想望些什么？回答我，要像虎儿说的那样清楚。”

鸡儿不先开口，他的头向左边一侧，又向右边一侧，表示他想得很深，想得很苦。“老师，我们种族的命运，大概您不会不知道吧。生下可爱的蛋来，一会儿就不见了。走到垃圾桶旁边，经常看见蛋壳的碎片。我们一家老小往往不能守在一块，不是丢了爷，就是抛了娘。什么地方去了呢？正如刚才虎儿说的，进了别种动物的胃肠，就此完了！我想这样的世界太不对了，为什么要用这一种动物的血和肉来养活那一种动物呢？被吃掉的太痛苦了，吃掉人家的太残酷了。改变过来吧，让世界上没有被吃掉的，也没有吃掉人家的吧。这不是办不到的事，只要改变大家的心，改变大家的习惯。老师，我虽然只

是个小生命，我的志愿可不小。我要劝说人家，把心改变过来，再不要做那种太残酷的事儿了。从近便的开头，自然先轮到同学虎儿，他年纪还小，残酷的习惯还没有养成。至于我自己，我已经打定主意不吃那些小虫子了，吃些菜叶谷粒一样过日子。但是用什么方法劝说人家才能见效呢？我现在一点儿把握也没有，希望老师好好地指导我。就是这么一点儿要求，再没别的了。”

“我决不听他的劝说。”虎儿举起手抢着说，不等熊夫人开口，“他说的是一种可笑的空想。没有被吃掉的，也没有吃掉人家的，这还成什么世界？不如说索性不要这个世界倒来得彻底些。他那种族的命运不大好，我相信；但是这应该怪他自己，他为什么要做鸡儿，为什么不做我虎儿呢？鸡儿生来就是预备被吃掉的。”

熊夫人听了虎儿的话，心里有点儿糊涂，鸡儿说得有道理，虎儿说的正相反，可是似乎也有道理。她怕虎儿当场就做出没规矩的事儿来，破坏幼稚园的和平，就用不太严重的口气禁止他说：“虎儿，我没有叫你说话，你等会儿再说。现在猪儿站起来回答我吧。要注意你的鼻音。你的鼻音太重了，有时候人家听不清楚你的话。”

猪儿说：“我的命运完全跟鸡儿一样，不必多说。可是我的意思完全跟鸡儿不同。你想劝说人家，不要再做太残酷的事儿，虎儿说这是空想，我说你简直在做梦！力量只有用力量去抵挡。一边是力量，一边却空空的一无所有，吃亏是当然的。我想我们种族从前也有过光荣的时代，生活在山林之中，长着锋利的牙齿，奔驰来去，谁也不敢欺侮。只因为后来改由人家饲养，一切生活就受人家的支配。人家给我们吃点儿东西，归根结底为了长胖他们自己的身体。我们的同伴又彼此分散，有的在这一家，有的在那一家，不能互相联络，这才落到现在这样倒霉的地步！然而我并不悲伤，我望见前面有重见光明的道路。如果我们全体能够联络在一起，就是非常伟大的力量，哪怕是虎儿的种族，也尽可以同他们对垒一下！”猪儿说到这里，一双小眼睛睁得很大，放射出勇敢的光辉。孩子们都觉得今天猪儿跟平时大不相同，他激昂慷慨，竟像一个准备临阵的战士。

虎儿又抢着说：“好，将来咱们对垒一下，看到底谁胜谁负！”

“虎儿你不要开口。猪儿，把你的话说完了。”熊夫人皱起眉头，看看虎儿又看看猪儿。

猪儿摇着他的大耳朵继续说：“我们可以立定志向，生活不再受人家的支配；我们吃东西只为我们自己要生活，不再为了养肥人家。这样，光荣的时代就回来了！现在要老师指导我的是实现我这志愿的方法。彼此分散的同伴怎样才能联络在一起呢？大家一致的志向怎样才能立定呢？亲爱的老师，等到我明白了这些方法，我就好去做我要做的事了！”

“唔！”熊夫人从眼镜上面看着猪儿。她想，这是又一套希望，很值得同情，也得给他满足才好。但是幼稚园里教孩子只能走一条道路，如果依着猪儿的希望，就不能满足虎儿和鸡儿；依着虎儿的或者鸡儿的，情形也相同。到底走哪一条道路好呢？她委实决定不下来。她心里很乱，好像一个没有主意的人到了岔路口，不知往哪个方面走才好。她只好再问：“麒麟，你希望我给你些什么呢？”

麒麟是个非常漂亮的孩子。他站起来，昂着头说：“爸爸妈妈送我到这里来以前，曾经这样说：‘孩子，我们是高贵的种族，这一句话你必须永远牢记！我们昂着头，专吃那树顶上的叶子，这就是高贵种族的一个证据。我们当然不用干什么活，只有牛呀马呀那些贱东西才干活。但是你在家里太寂寞了，怕会闷出病来。送你到幼稚园去，让你跟孩子们玩玩，消磨那悠闲的岁月吧。’于是我到这里来了。老师，您什么也不必教给我，只要让我安安逸逸地消磨悠闲的岁月就成了。”

“原来如此！”熊夫人感到不大愉快，只点了点头，表示听明白了。她又问猴儿：“猴儿，你又怎么说？”

猴儿听熊夫人唤到他，身子一跃，就站在椅子背上，眼睛骨碌碌地乱转，像个玩杂耍的孩子。他说：“老师，您总该读过《西游记》吧？《西游记》里有个孙行者，他偷过王母娘娘的蟠桃。我也想吃王母娘娘的蟠桃，可是不知道怎样上天去，怎样把蟠桃偷到手。这一件您教给了我，我感激您三千年，三万年！”

“要我教你偷……”熊夫人气得再也说不下去。她全身瑟瑟发抖，把眼镜抖了下来，露出两颗定定地瞪着的眼珠。

第二天，幼稚园关门了，因为熊夫人想了一夜，拿不定主意依哪个孩子的希望来教才好。她知道，不拿定主意胡乱教下去是没意思的。她就把孩子们一个个送回家去，把“熊夫人幼稚园”的牌子摘了下来。

1931年2月1日发表

想要做好一件事，先要明确自己的目标。如果毫无目的地去做，最后肯定一事无成。因此，在我们在做事之前也要先明确自己的目标，制定出计划，筹备事情的各项步骤，耐心细致并且坚持不懈地完成目标。在你的学习和生活中，有没有过类似的经历？不妨和朋友交流一下吧。

『鸟言兽语』

“我看人类可以分成两批，一批人说的有道理，另一批人说的完全没道理。他们虽然都自以为‘人言人语’，实在不能一概而论。”这篇文章借由麻雀之口说出了“人有时还不如鸟兽”这个道理。

童话可以唯美纯真，赞扬真善美；也可以辛辣犀利，批评假恶丑。本文就是后者。作者用大胆的想象、丰富的对话和细致的描写，对现实生活中的一些人和事进行了辛辣地揭露和讽刺。

一只麻雀和一只松鼠在一棵柏树上遇见了。

松鼠说：“麻雀哥，有什么新闻吗？”

麻雀点点头说：“有，有，有。新近听说，人类瞧不起咱们，说咱们不配像他们一样张嘴说话，发表意见。”

“这怎么说的？”松鼠把眼睛眯得挺小，显然正在仔细想，“咱们明明能够张嘴说话，发表意见，怎么说咱们不配？”

麻雀说："我说得太简单了。人类的意思是他们的说话高贵，咱们的说话下贱，差得太远，不能相比。他们的说话值得写在书上，刻在碑上，或者用播音机播送出去。咱们的说话可不配。"

"你这新闻从哪儿来的？"

"从一个教育家那里。昨天我飞出去玩，飞到那个教育家屋檐前，看见他正在低头写文章。看他的题目，中间有'鸟言兽语'几个字，我就注意了。他怎么说起咱们的事情呢？不由得看下去，原来他在议论人类的小学教科书。他说一般小学教科书往往记载着'鸟言兽语'，让小学生跟鸟兽做伴，这怎么行！他又说许多教育家都认为这是人类的堕落，小学生尽念'鸟言兽语'，一定弄得思想不清楚，行为不正当，跟鸟兽没有分别。最后他说小学教科书一定要完全排斥'鸟言兽语'，人类的教育才有转向光明的希望。"

松鼠举起右前腿搔搔下巴，说："咱们说咱们的话，并不打算请人类写到小学教科书里去。既然写进去了，却又说咱们的说话没有这个资格！要是一般小学生将来真就思想不清楚，行为不正当，还要把责任记在咱们的账上呢。人类真是又糊涂又骄傲的东西！"

"我最生气的是那个教育家不把咱们放在眼里。什么叫'让小学生跟鸟兽做伴，这怎么行'！什么叫'一定弄得思想不清楚，行为不正当，跟鸟兽没有分别'！人类跟咱们做伴，

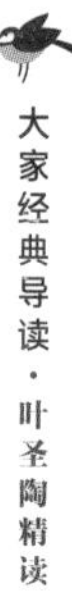

就羞辱了他们吗？咱们的思想就特别不清楚，行为就特别不正当吗？他们的思想就样样清楚，行为就件件正当吗？”麻雀说到这里，胸脯挺得高高的，像下雪的时候对着雪花生气那个样儿。

松鼠天生是聪明的，它带着笑容安慰麻雀说：“你何必生气？他们不把咱们放在眼里，咱们可以还敬他们，也不把他们放在眼里。什么事儿都得切实考察，才能够长进知识，增多经验。我现在想要考察的是人类的说话是不是像他们想的那么高贵，究竟跟咱们的‘鸟言兽语’有怎样的差别。”

“只怕比咱们的‘鸟言兽语’还要下贱，还要没有价值呢！”麻雀还是那么气愤愤的。

“麻雀哥，你这个话未免武断了。评论一件事儿，没找到凭据就下判断叫作武断。武断是不妥当的，我希望你不要这样。咱们要找凭据，最好是到人类住的地方去考察一番。”

“去，去，去，”麻雀拍拍翅膀，准备起程，“我希望此去找到许多凭据，根据这些凭据，咱们在咱们的小学教科书里写，世间最下贱、最没价值的是‘人言人语’，咱们鸟兽说话万不可像人类那样！”

“你的气还是消不了吗？好，咱们起程吧。你在空中飞，我在树上地下连跑带跳，咱们的快慢可以差不多。”

麻雀和松鼠立刻起程，经过密密簇簇的森林，经过黄黄绿绿的郊野，到了人类聚集的都市，停在一座三层楼的屋檐上。

都市的街道上挤着大群的人，只看见头发蓬松的脑袋汇合成一片慢慢前进的波浪，也数不清人数有多少。走几步，这些人就举起空空的两只手，大声喊："我们有手，我们要工作！"一会儿又拍着瘪瘪的肚皮，大声喊："我们有肚子，我们要吃饭！"全体的喊声融合成一个声音，非常响亮。

听了一会儿，松鼠回头跟麻雀说："这两句'人言人语'并不错呀。有手就得工作，有肚子就得吃饭，这不是顶简单顶明白的道理吗？"

麻雀点点头，正要说话，忽然看见下边街道上起了骚动。几十个穿一样衣服的人从前边跑来，手里拿着白色短木棍，腰里别着黑亮的枪，到大群人的跟前就散开，举起短木棍乱摇乱打，想把大群人赶散。可是那大群人并没散开，反倒挤得更紧了，脑袋汇合成的波浪晃荡了几下，照样慢慢地前进。

"我们有手，我们要工作！"

"我们有肚子，我们要吃饭！"

手拿短木棍的人们生气了，大声叫："不许喊！你们是什么东西，敢乱喊！再像狗一样乱汪汪，乌鸦一样乱聒噪，我们就不客气了！"

麻雀用翅膀推松鼠一下，说："你听，你刚才认为并不错的两句'人言人语'，那些拿短木棍的人却认为'鸟言兽语'，不准他们说。我想这未必单由于糊涂和骄傲，大概还有别的道理。"

松鼠连声说："一定还有别的道理，一定还有别的道理，只是咱们一时还闹不清楚。不过有一桩，我已经明白了：人类把自己不爱听的话都认为'鸟言兽语'，狗汪汪啦，乌鸦聒噪啦，此外大概还有种种的说法。"

麻雀说："他们的小学教科书排斥'鸟言兽语'，想来就为的这一点。"

松鼠和麻雀谈谈说说，下边街道上的大群人渐渐走远了。远远地看着，短木棍还是迎着他们的面乱摇乱打，可是他们照样挤在一块儿，连续不断地发出喊声。又过了一会儿，他们拐到左边街上去，人看不见了，喊声也不像刚才那么震耳了。松鼠拍拍麻雀的后背，说："咱们换个地方看看吧。"

"好。"麻雀不等松鼠说完，张开翅膀就飞，松鼠紧紧跟着麻雀的后影，在接接连连的屋顶上跑，也很方便。

大约赶了半天路程，它们到了个地方。一个大广场上排着无数军队，有步队，有马队，有炮队，有飞机，有坦克，队伍整齐得很，由远处看，像是很多大方块儿，刚用一把大刀切过似的。这些队伍都面对着一座铜像。那铜像铸的是一个骑马的人，头戴军盔，两撇胡子往上撅着，真是一副不可一世的气概。

麻雀说："这里是什么玩意儿？咱们看看吧。"它说着，就落在那铜像的军盔上。松鼠一纵，也跳上去，藏在右边那撇胡子上，它还顺着胡子的方向把尾巴撅起来。这么一来，从下边往上看，就只觉那铜像在刮胡子的时候少刮了一刀。

忽然军鼓打起来了，军号吹起来了，所有的军士都举手行礼。一个人走上铜像下边的台阶，高高的颧骨，犀牛嘴，两颗突出的圆滚滚的眼珠。他走到铜像跟前站住，转过来，脸对着所有的军士，就开始演说。个个声音都像从肚肠里迸出来的，消散在空中，像一个个炸开的爆竹。

“咱们的敌人是世界上最野蛮的民族，咱们要用咱们的文明去制服他们！用咱们的快枪，用咱们的重炮，用咱们的飞机，用咱们的坦克，教他们服服帖帖地跪在咱们脚底下！他们也敢说什么抵抗，说什么保护自己的国土，真是猪的乱哼哼，鸭子的乱叫唤！今天你们出发，要拿出你们文明人的力量来，教那批野蛮人再也不敢乱哼哼，再也不敢乱叫唤！”

“又是把自己不爱听的话认为‘鸟言兽语’了。”松鼠抬起头小声说。

麻雀说：“用快枪重炮这些东西，自然是去杀人毁东西，怎么倒说是文明人呢？”

“大约在这位演说家的‘人言人语’里头，‘文明’‘野蛮’这些字眼儿的意思跟咱们了解的不一样。”

“照他的意思说，凶狠的狮子和蛮横的鹰要算是最文明的了。可是咱们公认狮子和鹰是最野蛮的东西，因为它们太狠了，把咱们一口就吞下去。”

松鼠冷笑一声说：“我如果是人类，一定要说这位演说家

说的是‘鸟言兽语’了。”

“你看！”麻雀叫松鼠注意，“他们出发了。咱们跟着他们去吧，看他们怎么对付他们说的那些‘野蛮人’。”

松鼠吱溜一下子从铜像上爬下来，赶紧跟着军队往前走。后来军队上了渡海的船，松鼠就躲在他们的辎重车里。麻雀呢，有时落在船桅上，有时飞到辎重车旁边吃点儿东西，跟松鼠谈谈，一同欣赏海天的景色，彼此都不寂寞。

几天以后，军队上了岸，那就是“野蛮人”的地方了。麻雀和松鼠到四外看看，同样的山野，同样的城市，同样的人民，看不出野蛮在哪里。它们就离开军队，往前进行，不久就到了一个大广场。场上也排着军队。看军士手里，有的拿着一枝长矛，有的抱着一杆破后膛枪，大炮一尊也没有，飞机坦克更不用说了。

“麻雀哥，我明白了。”

“你明白什么了？”

松鼠用它的尖嘴指着那些军队说：“像这批人没有快枪、大炮、飞机、坦克等等东西，就叫‘野蛮’。有这些东西的，像带咱们来的那批人，就叫‘文明’。”

麻雀正想说什么，看见一个人走到军队前边来，黑黑的络腮胡子，高高的个子，两只眼睛射出愤怒的光。他提高嗓子，对军队作下面的演说：

“现在敌人的军队到咱们的土地上来了！他们要杀咱们，

抢咱们，简直比强盗还不如！咱们只有一条路，就是给他们一个强烈的抵抗！”

“给他们一个强烈的抵抗！”军士齐声呼喊，手里的长矛和破后膛枪都举起来，在空中摆动。

“哪怕只剩最后一滴血，咱们还是要抵抗，不抵抗就得等着死！”

麻雀听了很感动，眼睛里泪汪汪的。它说：“我如果是人类，凭良心说，这里的人说的才是‘人言人语’呢。”

但是松鼠又冷笑了：“你不记得前回那位演说家的话吗？照他说，这里的人说的全是猪的乱哼哼、鸭子的乱叫唤呢。”

麻雀沉思了一会儿，说：“我现在才相信‘人言人语’并不完全下贱，没有价值。我当初以为‘人言人语’总不如咱们的‘鸟言兽语’，你说这是武断，的确不错，这是武断。”

“我看人类可以分成两批，一批人说的有道理，另一批人说的完全没道理。他们虽然都自以为‘人言人语’，实在不能一概而论。咱们的‘鸟言兽语’可不同，咱们大家按道理说话，一是一，二是二，一点儿没有错儿。‘人言人语’跟‘鸟言兽语’的差别就在这个地方。”

嗡——嗡——嗡——

天空有鹰一样的一个黑影飞来。场上的军士立刻散开，分成许多小队，往四外的树林里躲。那黑影越近越大，原来是一架飞机，在空中绕了几个圈子，就扔下一颗银灰色的东西来。

轰!

随着这惊天动地的声音，树干、人体、泥土一齐飞起来，像平地起了个大旋风。

麻雀吓得气都喘不过来，张开翅膀拼命地飞，直飞到海边才停住。用鼻子闻闻，空气里好像还有火药的气味。

松鼠比较镇静一点儿。它从血肉模糊的许多尸体上跑过，一路上遇见许多逃难的人民，牵着牛羊，抱着孩子，挑着零星的日用东西，只是寻不着它的朋友。它心里想:“怕麻雀哥也成为血肉模糊的尸体了！”

1936年1月10日发表

读与思

“人言人语”“鸟言兽语”说的是人与自然均拥有各自的语言系统和交流方式。我们不能把自己的喜好憎恶迁怒到其他环境里，让鸟言兽语来承担人所应当承担的义务，毕竟在动物之中没有所谓人类的污言秽语，动物也是人类的朋友，更不能把人的罪恶栽赃到动物身上。怪不得麻雀会强烈反对，你会为鸟兽们打抱不平吗?

牧羊儿

在《牧羊儿》的前半段，作者为我们构建了一个美好的童话世界，孩子和羊处在梦境般的美好生活中，无忧无虑，很快乐。发生变故后，一切都随着改变，就连梦境也变得冰冷、恐怖。

这个悲惨的故事让人叹息、引人深思，至今仍有重要的现实意义和教育价值。

草场的一角有一座小屋子，住着一个孩子和三十多头羊。孩子和羊彼此非常要好，比兄弟姊妹还要亲热。屋子里铺着厚厚的稻草。他们躺在草上，你枕着我的腿，我贴着他的胸，挨挨挤挤的，一同度过又黑又长的夜。

夜虽然又黑又长，他们却觉得很暖和，很有滋味。他们常常做梦，梦见许多可喜的事儿。

一头羊把脑袋一偏，它的角正好抵在孩子的嘴唇边，孩子就做起梦来了。他梦见正当炎热的夏天，自己坐在雪白的帐篷底下，捧着一大碗冰激凌，吃得正高兴。冰激凌真凉，从嘴唇直凉到心里，爽快极了。忽然又梦见草场上到处长满了碧绿的大西瓜，成了一大片瓜田。他捧起一个西瓜，用手一拍就成了两半。麦黄色的瓜瓤儿闪闪发亮。他张口大嚼，又甜又凉爽，好像夏天已经过去了。

跟他睡在一起的羊也做梦。有一头羊把它的脑袋靠在另一头羊的胸口上，鼻子和嘴唇蹭着柔软的毛，它就做起梦来。它梦见草场上的草长得又肥又嫩，看着都心爱。它呼唤同伴们，叫大家一同来吃；那种又甜又鲜的味道，大家从来没尝到过。

有一头羊把翘起的腿搁在另一头羊的脖子上，它也做起梦来。它梦见自己在草场上跳跃，越跳越高，仙人掌那么矮，算不了一回事儿，土墙那么低，也算不了一回事儿，连那么高的榕树，它都跳过去了，跟跳过一丛小草似的。它越跳越高，多么快活呀，它能腾空飞行了，像一只雪白的鸽子，可是它不用翅膀，只要划动它的四条腿就成了。低头向下看，同伴们都在草场上望着它呢。再一看，却是许多雪白的鹅。它使劲喊起来："你们飞吧，你们快飞吧！"

孩子和羊在夜里做的梦，大多是这样的。

等到天一亮，孩子和羊一同起身，来到草场上。他们开始吃东西，羊吃草，孩子吃他带来的饭。吃饱了，大家一同唱歌玩儿，孩子唱《孟姜女》《一朵茉莉花》，羊唱它们的《咩咩曲》。

他们常常面颊蹭面颊，耳朵蹭耳朵，大家感到又软又痒，非常舒服。有时候两头羊面对面站了起来，彼此前腿扶着前腿，跳起舞来。有时候孩子跟羊赛跑，从草场的这一头跑到那一头。有时候孩子抱着羊躺在草地上，仰面看飘着白云的天空。天空像没有波浪的大海，海中有白石头堆成的小岛，还有张起白帆的小船。

草场东边有几棵老榕树，脖子里挂下很长的胡须，随风飘拂。孩子和羊最喜欢这几位老公公，常常到它们跟前去玩儿。孩子和羊玩得高兴，都笑起来；老榕树掀着长胡须，也笑起来。站在一旁的仙人掌伸出了碧绿的胳膊，想跟他们一起玩儿，可是脚埋在土里，一步也动不了。孩子和羊懂得仙人掌的意思，到它们跟前去跟它们玩儿。

大家都很快乐，小孩很快乐，羊很快乐，老榕树和仙人掌也很快乐。

有一天，一位老婆子突然跑到草场上来对孩子说："你的母亲死了，快跟我回去！"

孩子听了，心里像塞进了一件什么东西，眼泪立刻涌出来了，放声大哭起来。他伸出了两只手，好像要抓住什么似的，急急忙忙，跟着老婆子走了。

"他走了。"一头雪白的羊说，声音很凄凉。

"我们少了一个同伴了，"一头双角弯弯的羊说，"他从来没离开过我们。我们没有了他，好像一切都变了样，干什么都没有兴趣了。”

“你们没听见吗，他的母亲死了。”一头长胡须老羊叹息说，它的眼角上闪着泪花。

一头小白羊忍不住哭起来，它呜咽着说：“他从此没有母亲了。他再叫母亲也没有人应了，还从此没有奶吃了。这样的痛苦，教他怎么受得了呢？”

小白羊一哭，引得大家都流起眼泪来。所有的小羊都贴紧自己的母亲，觉得自己有母亲可叫，有奶可吃，是天底下最大的幸福。

双角弯弯的羊抹着眼泪说：“他碰上这样伤心的事儿，我们在这里代他流眼泪，对他没有一点儿用处。我们应当推选几个代表去安慰安慰他，顺便请他早点儿回到我们这儿来。”

“这个主意好。”大家忍着眼泪说，“你就是一个代表。”

大家一共选出了三位代表，双角弯弯的羊是一位，还有两个是卷毛的白羊和长角的灰羊，请它们代表大家去慰问孩子。

三头羊离开了草场，顺着大路向前走。走到三岔路口，它们不知道该走哪一条路，只好站住了。

恰好背后来了个人，笑嘻嘻地问他们：“你们不认识路吗？”

卷毛白羊点点头说：“是的。同我们在一起的孩子，他的母亲死了。您知道去他家里应当走哪一条路？”

那个人随便用手一指，笑着说：“走左边这条路。正好我也要到那里去，你们就跟我走吧。前边还有岔路，跟着我走没有错。”

三头羊谢了又谢，就跟着那个人走。前边果真有许多岔路，跟着他走一点儿用不着迟疑。走到一座又矮又小的房子前，那个人推开板门，对它们说：“孩子就在这里，你们进去吧。”

三头羊急忙奔进去，只想早点儿安慰失去了母亲的孩子，没想到身后的板门突然关上了。它们受骗了，被那个人关进了羊圈。第二天，那个人把三头羊宰了，卖了许多钱，自己还饱吃了一顿羊肉。

那天傍晚，羊的主人站在大门口，望见草场上的羊还没有回去，急急忙忙赶来了。他找不着孩子，就发起火来：“这个孩子太顽皮，跑到哪儿去了？这时候还不让羊回去。”

主人把羊赶回屋子里，数了数，少了三头。他的火发得更大了。拿起竹竿在羊的身上乱抽。那天夜里躺在床上，他又气又恼，简直没合上眼。直到窗子上有点儿亮光了，他才打定主意。

那天夜里，所有的羊都做了可怕的梦。小羊梦见母亲死了，衔着母亲的冰冷的乳头，一个劲儿号哭。大羊梦见主人手

里的竹竿忽然变成了雪亮的刀，自己的脑袋被砍掉了，脖子痛得没法忍受。母羊梦见自己的孩子被魔鬼捉去了，撒开四条腿赶紧追，怎么也追不上，最后一跤摔醒了。

第二天早上，羊的主人唤了一个人来，对他说：“喂羊又麻烦又吃亏，只有傻子才干这种事儿。我把羊全卖给你，你牵回去宰了好卖。”

那个人付了钱，拿长长的绳子把羊拴成几串，牵着走了。

就在羊做可怕的梦的时候，孩子的母亲被放进了棺材。这口棺材是孩子走遍了东村西村，磕了数不清的头，凑了钱买来的。孩子贴着棺材睡着了，好像贴在母亲的胸前。不一会儿他就醒了，看看天色已亮，不知道羊怎样了，急忙向草场跑去。

孩子跑到草场上，一头羊也不见；跑进屋里，也不见羊的踪影。他急了，连忙去见主人。

主人板起脸对他说：“你好，到这时候才回来。我已经把羊卖掉了。我不再喂羊了，这里用不着你了。”

孩子一听这话，觉得好像摔了一跤，不是摔在地上，而是摔在半空中，四处没有倚傍。他自己也不知怎么走出了主人家的大门。

草场上从此没有羊也没有孩子了。只有仙人掌一声不响地站在那里，老榕树掀着长胡须在默默地叹息。

1924年1月10日发表

读与思

牧羊的孩子的快乐来自于羊儿、老榕树、仙人掌……确实，很多时候，动物和植物都是我们人类的好朋友，有了它们的相伴，我们的生活才更加多姿多彩，更加快乐有趣。你有没有结交过动物朋友或者植物朋友，你们之间发生过怎样有趣的故事呢？不妨和朋友们交流一下。

聪明的野牛

这篇童话讲述了一个“文化交流”的故事。城市里的一群牛邀请森林里的野牛来城里生活，通过写信的方式盛情邀约。野牛不盲从、善于观察，而且有主见，关键时刻能够出主意，带领大家逃离危险。作者通过活灵活现的对话、细致入微的环境描写、细腻的心理刻画，将野牛的“聪明”展现得淋漓尽致。

在很远很远的树林子里，住着一群野牛。他们随意吃草，随意玩，来来往往总是成群结队的，非常快乐。

一天，他们正在树林里的草地上散步，忽然一个穿绿衣裳的邮差来了，给他们送来一封信。接信的那头牛看了看信封，高兴地喊：“咱们住在城市里的同族给咱们寄信来了！”

旁的牛听见了，立刻凑过来，都很高兴地喊：“快拆开来看！”

接信的那头牛把信拆了，用粗大的声音念起来：

咱们虽然没见过面，可是从祖先传下来，知道很远很远的地方住着我们的同族，就是你们。我们常常想念你们，常常希望有一天彼此聚在一块儿。你们想，长胡子的羊，大肚子的猪，并不是我们的同族，我们还挺愿意跟他们一块儿游逛，一块儿出来进去，何况你们是我们的同族呢。

我们这里挺好。住得舒服，是瓦盖的房子，吃的也好，是鲜嫩的青草。我们希望你们到这里来，咱们共同享受这些东西。你们住在树林子里，碰到下雨就糟了。你们那里恐怕只有些细小的茅草，这怎么吃得饱呢！来吧，来跟我们共同享受这些好东西吧。

现在什么事情都方便了，你们千万别嫌远，坐火车来，只要三天工夫就到了。你们没坐过火车吧？挺舒服的，车厢有木板围着，两块木板中间有一道缝，又透气，又可以看看外边的景致。你们应当见识见识。一准坐火车来吧。

我们在这里预备欢迎你们。

住在城市里的你们的同族。

野牛听了信里的话，都觉得很快活，没想到那么远的同族，居然在远远的地方欢迎他们去共同享受好东西。可是问题来了：马上全体同去呢，还是不马上去，过几天再说？

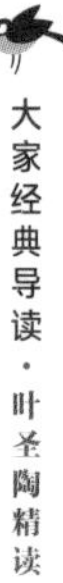

一头野牛说："去去也可以。不过咱们没坐过火车，不知道那玩意儿容易坐不容易坐。你们没听信上说吗？虽说很方便，也差不多要三天工夫呢。"

又一头野牛说："他们说什么瓦盖的房子，不知道咱们住得惯住不惯。照我想，盖得看不见天，看不见四周围，住在里边总该有点儿气闷。"

第三头野牛说："他们说吃的是鲜嫩的青草，我怕吃不饱。咱们得吃又老又结实的草，这才有嚼头。"他说完，低头咬了一口草，很有味地嚼着。

第四头野牛说："总不该辜负他们的好意，咱们得想个妥善的办法。"

一头聪明的野牛仰起头，摇摇尾巴说："他们欢迎咱们去，咱们也愿意去。咱们怕的，只在去的时候不方便，到了那边住不惯。据我的意见，咱们不妨推举一位先去看看情形，顺便谢谢他们的好意。要是那边确是好，然后全体去。"

"这意思很好！"全体野牛一齐喊，同时都摇摇尾巴，表示赞成。

一头野牛说："我们就推举你去，你最聪明。"

"赞成！赞成！"大家又都摇摇尾巴。

那聪明的野牛立刻动身，代表全体野牛，到城市里去看望同族，参观他们的生活情形。

聪明的野牛到了城市，就从火车上下来。他觉得坐火车倒也有趣，树木都往后边跑，平地老是在那里旋转，这过去都没见过。只是那车厢太拘束了，这边也是乘客，那边也是乘客，身子连动都不能动。要是住在城市里常常要坐这个东西，就太不舒服了。

他想着，一面往四外张望。那边一大群牛瞧见他了，立刻都跑过来喊："欢迎！欢迎！"接着，都围住他，跟他摩脸为礼，然后拥着他回到他们的家。

到家以后，他们领着他看房子，请他吃槽里的草。并且说，这些全是人给预备的，不用他们自己费心。要是不高兴出去，成年住在这里也没什么忧愁。

野牛觉得不明白，他就问："人为什么要给你们预备房子和草呢？"

"那没有别的，他们跟我们有交情，所以给我们预备这些东西。"

"事情没这么简单吧？我要仔细看看，才会明白。"

"你看吧，"城市里的牛一齐笑起来，"你在这里住几天，就知道我们的生活多舒服，人待我们多好了。"

野牛住了几天，觉得这屋子很憋气，完全没有树林里的那种清风。草虽然是嫩的，可是不像野地的草那么有嚼头，有味道。这些都不关紧要，他想弄明白的是人跟他们的交情到底怎么样。

他跟着他们出去玩一会儿，这就让他看出来了。回到家

里，他亲切地劝告他们说："你们弄错了，我看人跟你们并没什么交情。不然，为什么要拿鞭子打你们呢？"

"这有道理。这因为我们走错了路，不朝这里走，他一时招呼不过来，所以用鞭子指点我们。这不能算用鞭子打。"

野牛提醒他们说："你们真是让什么给弄迷糊了，还有可怕的事情等着你们呢。这个人实在是个屠夫！我刚才靠近他，闻到他满身的血腥气，正是咱们同族的血腥气。他为什么要盖房子给你们住，预备草料给你们吃，你们还想不明白吗？"

城市里的牛有点儿怕起来了，你看看我，我看看你，半信半疑地说："不见得吧？"

野牛说："不见得？还说不见得！等他把你们捆起来，拿出刀来的时候，你们后悔就来不及了。"

"那怎么办呢？"有几条牛垂头丧气他说。

野牛说："你们听我的话，大家离开这里就是了。"

"离开这里？哪里去住，哪里去吃呢？"

野牛说："世界上地方多得很。你们只要拔起腿来跑，什么地方不能去！你们一定要住房子吗？树林里的生活才痛快呢。你们一定要吃槽里的草吗？到处跑，到处吃地上的草，味道比这好得多。你们不要以为只有在这里才能生活，世界上都是咱们生活的地方。我们野牛就因为明白了这一层，所以从来没遇见什么危险。你们是永远住在危险里头，赶快看清楚一点儿吧！"

一头母牛说："你叫我们离开这里，这怎么成呢？我们跑，人就要追。我们不回来，他手里有鞭子。"

野牛笑了，说："你们没试过，怎么知道不成呢？你们往四面跑，他去追哪一个好？等他不追了，你们还是可以聚集在一块儿。"

"我们为了自己的生命，只好试一下了。但是，离开这里去过流浪生活，不知道到底怎么样，想想也有点儿害怕。"

第二天，城市里的牛在一个空场上散步，野牛也在里头。

人的屋子里有清脆的磨刀声音。

野牛警告他们说："听见了吗？时候到了，不能再等了！"

城市里的牛都禁不住打哆嗦，你看看我，我看看你，说不出话来。

野牛英勇地喊："要生活的，就该拿出勇气来！你们忘了吗？拔起腿来跑！往四面跑！"

他这声音好像给大家灌注了一股勇气，大家立刻胆壮了，拔起腿来就往四面跑。他们跑了一会儿，久住的房子和常到的空场都撇在后头了。

看牛的人想不到有这么一回事，马上放下手里的刀，跑出来追。但是追哪一头好呢？他正在发愣，场里空了，一头牛也没有了。

许多牛从好儿条路聚集在一块儿，大家说："离开老地方，原来也没什么困难。"

野牛说："跟我回去，尝尝我们野地生活的味道吧。"他们就到野牛的树林子里，安适地活下去。

1924年5月17日发表

读与思

不管是看人还是看事，我们都要学会通过外表看到本质。遇到困难的时候，不要退缩，不要屈服，要鼓起勇气去战胜困难。天上不会掉馅饼，面对诱惑的时候，要保持冷静，学会分析和思考，并敢于跳出陈旧的条条框框，开启新的生活。你觉得对吗？

藕与莼菜

怀旧和思乡是文学作品中最多出现的两个母题，叶圣陶的这篇散文主题就是其中之一，怀旧。叶圣陶身处异乡上海，恰好这种时间上的怀旧与空间上的游子思乡情怀又交织在了一起。这篇优秀的抒情散文挖掘了平凡生活中的哲理，严谨而有韵致，具有一种“天然去雕饰”的清淡之美。

同朋友喝酒，嚼着薄片的雪藕，忽然怀念起故乡来了。若在故乡，每当新秋的早晨，门前经过许多乡人：男的紫赤的胳膊和小腿肌肉突起，躯干高大且挺直，使人起健康的感觉；女的往往裹着白地青花的头巾，虽然赤脚，却穿短短的夏布裙，躯干固然不及男的那样高，但是别有一种健康的美的风致；他们各挑着一副担子，盛着鲜嫩的玉色的长节的藕。在产藕的池塘里，在城外曲曲弯弯的小河边，他们把这些藕一再洗濯，所

以这样洁白。仿佛他们以为这是供人品味的珍品，这是清晨的画境里的重要题材，倘若涂满污泥，就把人家欣赏的浑凝之感打破了；这是一件罪过的事，他们不愿意担在身上，故而先把它们洗濯得这样洁白，才挑进城里来。他们要稍稍休息的时候，就把竹扁担横在地上，自己坐在上面，随便拣择担里过嫩的“藕枪”或是较老的“藕朴”，大口地嚼着解渴。过路的人就站住了，红衣衫的小姑娘拣一节，白头发的老公公买两支。清淡的甘美的滋味于是普遍于家家户户了。这样情形差不多是平常的日课，直到叶落秋深的时候。

在这里上海，藕这东西几乎是珍品了。大概也是从我们故乡运来的。但是数量不多，自有那些伺候豪华公子硕腹巨贾的帮闲茶房们把大部分抢去了；其余的就要供在较大的水果铺里，位置在金山苹果吕宋香芒之间，专待善价而沽。至于挑着担子在街上叫卖的，也并不是没有，但不是瘦得像乞丐的臂和腿，就是涩得像未熟的柿子，实在无从欣羡。因此，除了仅有的一回，我们今年竟不曾吃过藕。

这仅有的一回不是买来吃的，是邻舍送给我们吃的。他们也不是自己买的，是从故乡来的亲戚带来的。这藕离开它的家乡大约有好些时候了，所以不复呈玉样的颜色，却满被着许多锈斑。削去皮的时候，刀锋过处，很不爽利。切成片送进嘴里嚼着，有些儿甘味，但是没有那种鲜嫩的感觉，而且似乎含了满口的渣，第二片就不想吃了。只有孩子很高兴，他把这许多片嚼完，居然有半点钟工夫不再作别的要求。

想起了藕就联想到莼菜。在故乡的春天，几乎天天吃莼菜。莼菜本身没有味道，味道全在于好的汤。但是嫩绿的颜色与丰富的诗意，无味之味真足令人心醉。在每条街旁的小河里，石埠头总歇着一两条没篷的船，满舱盛着莼菜，是从太湖里捞来的。取得这样方便，当然能日餐一碗了。

而在这里上海又不然；非上馆子就难以吃到这东西。我们当然不上馆子，偶然有一两回去叨扰朋友的酒席，恰又不是莼菜上市的时候，所以今年竟不曾吃过。直到最近，伯祥的杭州亲戚来了，送他瓶装的西湖莼菜，他送给我一瓶，我才算也尝了新。

向来不恋故乡的我，想到这里，觉得故乡可爱极了。我自己也不明白，为什么会起这么深浓的情绪？再一思索，实在很浅显：因为在故乡有所恋，而所恋又只在故乡有，就萦系着不能割舍了。譬如亲密的家人在那里，知心的朋友在那里，怎得不恋恋？怎得不怀念？但是仅仅为了爱故乡么？不是的，不过在故乡的几个人把我们牵系着罢了。若无所牵系，更何所恋念？像我现在，偶然被藕与莼菜所牵系，所以就怀念起故乡来了。

所恋在哪里，哪里就是我们的故乡了。

1923年9月7日作

读与思

所恋在哪里，哪里便是故乡。其实，我们怀念某种食物，从来就不单单在于食物本身，而是食物背后与之相关的人和事。哪种食物会让你联系到自己的家乡和亲人？不妨和朋友讨论一下吧。

客语

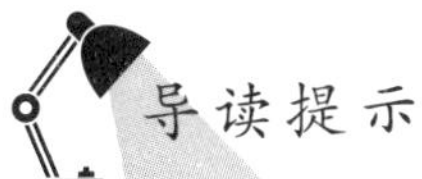

本文创作于叶圣陶在福建协和大学任教期间，是一篇难得的民国时期的福州地方文献，描绘了20世纪20年代福建协和大学及仓山一带的人文风情，也是叶圣陶在四个月的任教期间的创作中仅存的三篇。本文风格深沉含蓄，叙事写景中带有浓厚的抒情色彩，将相思之苦写得愁肠百结，读者也忍不住为之黯然神伤。

作者善用比喻，如写远山“像几笔极淡的墨痕染渍在灰色的纸上”，写出了暮色苍茫中的远山，抒发了对故乡浓浓的思念之情。

侥幸万分的竟然是晴朗的正午的离别。

“一切都安适了，上岸回去吧，快要到开行的时刻了。”似乎很勇敢地说了出来，其实呢，处此境地，就不得不说这样的话。但也是全不出于本心。梨与香蕉已经买来给我了，话是没有什么可说了；夫役的扰攘，小舱的郁蒸，又不是什么足以赏心的；默默地挤在一起，徒然把无形的凄心的网织得更密罢了。何如早点儿就别了呢?

不可自解的是却要送到船栏边，而且不止于此，还要走下扶梯送到岸上。自己不是快要起程的旅客吗?竟然充起主人来。主人送了客，回头踱进自己的屋子，看见自己的人。可是现在——现在的回头呢?

并不是懦怯，自然而然看着别的地方，答应“快写信来”那些嘱咐。于是被送的转身举步了，也不觉得什么，只仿佛，心里突然一空似的（老实说，摹写不出了）。随后想起应该上船，便跨上扶梯；同时用十个指头梳满头散乱的头发。

倚着船栏，看岸上的人去得不远，而且正回身向这里招手。自己的右手不待命令，也就飞扬跋扈地舞动于头顶之上。忽地觉得这刹那间这个境界很美，颇堪体会。待再望岸上人，却已没有踪迹，大概拐了弯赶电车去了。

没有经验的想象往往是外行的，待到证实，不免自己好笑。起初以为一出吴淞口便是苍茫无际的海天，山头似的波浪打到船上来，散为裂帛与抛珠，所以只是靠着船栏等着。谁知出了口还是似尽又来的沙滩，还是一抹连绵的青山，水依然这么平，船依然这么稳。若说眼界，未必开阔了多少，却觉空虚了好些；若说趣味，也不过与乘内河小汽轮一样。于是失望地回到舱里，爬上上层自己的铺位，只好看书消遣。下层那位先生早已有时而猝发的鼾声了。

实在没有看多少页书，不知怎么也朦胧起来了。只有用这

“朦胧”二字最确切，因为并不是睡着，汽机的声音和船身的微荡，我都能够觉知，但仅仅是觉知，再没有一点思想一毫情绪。这朦胧仿佛剧烈的醉，过了今夜，又是明朝，只是不醒，除了必要坐起来几回，如吃些饼干牛肉香蕉之类，也就任其自然——连续地朦胧着。

这不是摇篮里的生活吗？婴儿时的经验固然无从回忆，但是这样只有觉知而没有思想没有情绪，该有点儿相像吧。自然，所谓离思也暂时给假了。

向来不曾亲近江山的，到此却觉得趣味丰富极了。书室的窗外，只隔一片草场，闲闲地流着闽江。彼岸的山绵延重叠，有时露出青翠的新妆，有时披上轻薄的雾帔，有时不知从什么地方来了好些云，却与山通起家来，于是更见得那些山郁郁然有奇观了。窗外这草场差不多是几十头羊与十条牛的领土，看守羊群的人似乎不主张放任主义的，他的部民才吃了一顿，立即用竹竿驱策着，叫它们回去。时时听得仿佛有几个人在那里割草的声音，便想到这十头牛特别自由，还是在场中游散。天天喝的就是它们的奶，又白又浓又香，真是无上的恩惠。

卧室的窗对着山麓，望去有裸露的黑石，有矮矮的松林，有泉水冲过的涧道。间或有一两个人在山顶上樵采，形体藐小极了，看他们在那里运动着，便约略听得微茫的干草瑟瑟的声响。这仿佛是古代的幽人的境界，在什么诗篇什么画幅里边遇见过的。暂时充当古代的幽人，当然有些新鲜的滋味。

月亮还在山的那边，仰望山谷，苍苍的，暗暗的，更见得深郁。一阵风起，总是锐利的一声呼啸一般，接着便是一派松涛。忽然忆起童年的情景来：那一回与同学们远足天平山，就在高义园借宿，稻草衬着褥子，横横竖竖地躺在地上。半夜里醒来了，一点儿光都没有，只听得洪流奔放似的声音，这声音差不多把一切包裹起来了；身体颇觉寒冷，因而把被头裹得更紧些。从此再也不想睡，直到天明，只是细辨那喧而弥静，静而弥旨的滋味。三十年来，所谓山居就只有这么一回。而现在又听到这声音了，虽然没有那夜那么宏大，但是往后的风信正多，且将常常更甚地听到呢。只不知童年的那种欣赏的心情能够永久持续否……

这里有秋虫，有很多的秋虫，没有秋虫的地方究竟是该诅咒的例外。躺在床上听听，真是奇妙的合奏，有时很繁碎，有时很凝集，而总觉得恰恰刚好，足以娱耳。中间有一种不知名的虫，它们的声音响亮而漫长，像是弦乐，而且引起人家一种想象，仿佛见到一位乐人在那里徐按慢抽地演奏。

松声与虫声渐渐地轻微又轻微，终于消失了……

仓前山差不多一座花园，一条路，一丛花，一所房屋，一个车夫，都有诗意。尤其可爱的是晚阳淡淡的时候，礼拜堂里送出一声钟响，绿荫下走过几个张着花纸伞的女郎。

跟着绍虞夫妇前山后山地走，认识了两相仿佛的荔枝树与龙眼树，也认识了长髯飘飘的生着气根的榕树，眺望了我们所

住的那座山，又看了胭脂似的西边的暮云，于是坐在路旁的砖砌的矮栏上休息。渐渐地四围昏暗了，远处的山只像几笔极淡的墨痕染渍在灰色的纸上。乡间的女人匆匆地归去，走过我们身边，很自然地向我们看一看。那种浑朴的意态，那种奇异的装束（最足注目的是三支很长的银发钗，像三把小剑，两横一竖地把发髻拢住，我想，两个人并肩走时，横插的剑锋会划着旁人的头皮），都使我想到古代的人。同时又想，什么现代精神，什么种种的纠纷，都渺茫得像此刻的远山一样，仿佛沉在梦幻里了。

中秋夜没有月，这倒很好，我本来不希望看什么中秋月。与平常没有月亮的晚上一样，关在书室里，就美孚灯光下做了一点功课，就去睡了。

第二天的傍晚，满天是云，江面黯然。西风震动窗棂，“吉格”作响。突然觉得寂寥起来，似乎无论怎样都不好。但是又不能什么都不，总要在这样那样里占其一，这时候我占的是倚窗怅望。然而怅望又有什么意思呢？

绍虞似乎有点儿揣度得出，他走来邀我到江边去散步。水波被滩石所挡，激触有声。还有广遍而轻轻的风一般的音响平铺在江面上，潮水又退出去了。便随口念旧时的诗句：“潮声应未改，客绪已频更。”

七年以前，我送墨林去南通。出得城来，在江滨的客店里歇宿候船，却成了独客，荒凉的江滨晚景已够叫人怅怅，又况

是离别开始的一晚，真觉得百无一可了。聊学雅人口占一诗，借以排遣。现在这两句就是这一首诗里的。唉，又是潮声，又是客绪！

所谓客绪，正像冬天的浓云一般，风吹不散，只是越凝集越厚，散步的药又有什么用处。回到屋里，天差不多黑了，我们暂时不点火，就在昏暗中坐下。我说："介泉在北京常说，在暮色苍茫之际，炉火微明，默然小坐，别有滋味。"绍虞接应了一声就不响了。很奇怪，何以我和他的声音都特别寂寞，仿佛在一个广大的永寂的虚空中，仅仅荡漾着这一些声音，音波散了，便又回复它的永寂。

想来介泉所说的滋味，一定带着酸的。他说"别有"，诚然是"别有"，我能够体会他的意思了。

点灯以后，居然送来了切盼而难得的邮件，昨天有一艘轮船到这里了。看了第一封，又把心挤得紧一点。第一千封是平伯的，他提起我前几天作的一篇杂记，说："……此等事终于无可奈何，不呻吟固不可，作呻吟又觉陷于怯弱，总之，无一而可，这是实话。……"

似乎觉得这确是怯弱，不要呻吟吧。

但是还要去想，呻吟为了什么？恋恋于故乡吗？故乡之足以恋恋的，差不多只有藕与莼菜这些东西了，又何至于呻吟？恋恋于鹁鸽箱似的都市里的寓居吗？既非鹁鸽，又何至于因为飞了而呻吟？老实地说，简括地说，只因一种愿与最爱与同居

的人同居的心情，忽然不得满足罢了。除了与最爱与同居的人同居，人间的趣味在哪里？因为不得满足而呻吟，正是至诚的话，有什么怯弱不怯弱？那么，又何必不要呻吟呢？

呻吟的心本来如已着了火的燃料，浓烟郁结，正待发焰。平伯的信恰如一根火柴，就近一引，于是炽盛地燃烧起来了……

1923年10月1日作

读与思

“独在异乡为异客，每逢佳节倍思亲”，对于远离故乡的游子们来说，最难过的就是“睹物思乡”。但也有人认为“好男儿志在四方”，不应该被这种情绪绊住了手脚，要勇敢地去闯荡，做出一番事业。你怎么看待这个问题呢？不妨和朋友讨论一下。

一个少年的笔记

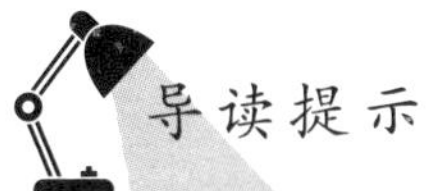

《一个少年的笔记》是叶圣陶先生三篇散文的结合，其中有《诗的材料》《三棵老银杏》《爬山虎的脚》。

这三篇短文皆是以“少年”的视角和口吻，记述少年的所见所感，充满了少年的懵懂与浪漫，天真与细腻。语言质朴、淡雅，含意深远，因是“笔记”，故而又增添了几分真诚，读来自然亲切，别具韵味。

诗的材料

今天清早进公园，闻到一阵清香，就往荷花池边跑。荷花已经开了不少了。荷叶挨挨挤挤的，像一个个大圆盘，碧绿的面，淡绿的底。白荷花在这些大圆盘之间冒出来。有的才展开两三片花瓣儿。有的花瓣儿全都展开了，露出嫩黄色的小莲蓬。有的还是花骨朵儿，看起来饱胀得马上要破裂似的。

这么多的白荷花，有姿势完全相同的吗？没有，一朵有一

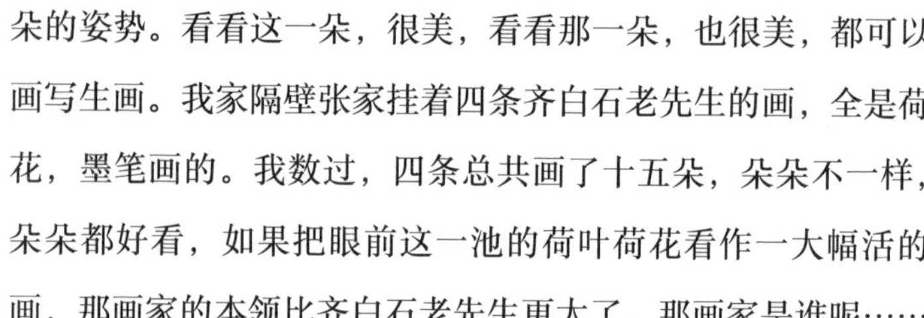

朵的姿势。看看这一朵，很美，看看那一朵，也很美，都可以画写生画。我家隔壁张家挂着四条齐白石老先生的画，全是荷花，墨笔画的。我数过，四条总共画了十五朵，朵朵不一样，朵朵都好看，如果把眼前这一池的荷叶荷花看作一大幅活的画，那画家的本领比齐白石老先生更大了。那画家是谁呢……

我忽然觉得自己仿佛就是一朵荷花。一身雪白的衣裳，透着清香。阳光照着我，我解开衣裳，敞着胸膛，舒坦极了。一阵风吹来，我就迎风舞蹈，雪白的衣裳随风飘动。不光是我一朵，一池的荷花都在舞蹈呢，这不就像电影《天鹅湖》里许多天鹅一齐舞蹈的场面吗？风过了，我停止舞蹈，静静地站在那儿。蜻蜓飞过来，告诉我清早飞行的快乐。小鱼在下边游过，告诉我昨夜做的好梦……

周行、李平他们在池对岸喊我，我才记起我是我，我不是荷花。

忽然觉得自己仿佛是另外一种东西，这种情形以前也有过。有一天早上，在学校里看牵牛花，朵朵都有饭碗大，那紫色鲜明极了，镶上一道白边儿，更显得好看。我看得出了神，觉得自己仿佛就是一朵牵牛花，朝着可爱的阳光，仰起圆圆的笑脸。还有一回，在公园里看金鱼，看得出了神，觉得自己仿佛就是一条金鱼。胸鳍像小扇子，轻轻地扇着，大尾巴比绸子还要柔软，慢慢地摆动。水里没有一点儿声音，静极了，静极了……

我觉得这种情形是诗的材料，可以拿来作诗。作诗，我要试试看——当然还要好好地想。

三棵老银杏

舅妈带表哥进城，要在我家住三天。今天早晨，我跟表哥聊天，谈起我想作诗，谈起我认为可以作诗的材料。我说："要是问我什么叫诗，我一点儿也说不上来。可是我要试作诗。作成以后，看它像诗不像诗。"

表哥高兴地说："你也这么想，真是不约而同。这几天我也在想呢。诗不一定要诗人作，咱们学生也不妨试作。不懂得什么叫诗，没关系，作几回就懂得了。我已经动手作了，还没完成，只作了四行。要不要念给你听听？"

我说："我要听，你念吧。"

表哥就念了：

村子里三棵老银杏，
年纪比我爷爷的爷爷还大。
我没见过爷爷的爷爷，
只看见老银杏年年发新芽。

我问："你说的是娘娘庙里的那三棵？"

表哥说："除了那三棵，还有哪三棵？"

我问:“年纪比外公的爷爷还大，多大岁数呢？”

表哥说:“我也说不清楚。只听我爷爷说，他爷爷小时候，那三棵银杏已经是大树了，他爷爷还常常跟小朋友拿叶子当小扇子玩呢。”

我问:“那三棵老银杏怎么样？你的诗预备怎么样作下去呢？”

表哥说:“还没想停当呢，不妨给你说一说大意。我的诗不光是说那三棵老银杏。”

我问:“还要说些什么呢？”

表哥说:“我们村子里种了千把棵小树，你是看见了的，村子四周围，家家的门前和院子里，差不多全种遍了。那些小树长得真快，去年清明节前后种的，到现在才十几个月，都高过房檐七八尺了。再过三四年，我们那村子会成什么景象，想也想得出。除了深秋和冬天，整个村子就是个密密丛丛的树林子，房子全藏在里头。晴朗的日子，村子里随时随地都有树荫，就是射下来的阳光，也像带点儿绿色似的，叫人感觉舒畅。”

我想着些什么，正要开口，表哥拍拍我的肩膀抢着说:“不光是我们那村子，别的村子也像我们村子一样，去年都种了许多树呢。你想想看，三四年以后，人在道上走，只见近处远处，这边那边，一个个全是密密丛丛的树林子，怎么认得清哪个是哪村？”

我说："尽管一个个村子都成树林子，我一望就能认出你们集庆村，保证错不了。你们村子有特别的标记，老高的三棵银杏树。"

表哥又重重地拍一下我的肩膀，笑着说："你说的正是我的意思！所以我的诗一开头就说三棵老银杏。"

爬山虎的脚

学校操场北边墙上满是爬山虎。我家也有爬山虎，从小院的西墙爬上去，在房顶上占了一大片地方。

爬山虎刚长出来的叶子是嫩红色。不几天叶子长大，就变成嫩绿色。爬山虎在十月以前老是长茎长叶子。新叶子很小，嫩红色不几天就变绿，不大引人注意。引人注意的是长大了的叶子，那些叶子绿得那么新鲜，看着非常舒服。那些叶子铺在墙上那么均匀，没有重叠起来的，也不留一点儿空隙。叶子一顺儿朝下，齐齐整整的，一阵风拂过，一墙的叶子就漾起波纹，好看得很。

以前我只知道这种植物叫爬山虎，可不知道它怎么能爬。今年我注意了，原来爬山虎有脚的。植物学上大概有另外的名字。动物才有脚，植物怎么会长脚呢？可是用处跟脚一样，管它叫脚想也无妨。

爬山虎的脚长在茎上。茎上长叶柄儿的地方，反面伸出枝状的六七根细丝，每根细丝头上长个小圆球儿。细丝和小圆球

儿跟新叶子一样，也是嫩红色。这就是爬山虎的脚。

爬山虎的脚触着墙的时候，小圆球儿就成了个小吸盘，六七个圆圆的小吸盘就巴住了墙，枝状的细丝原先是直的，现在弯曲了，把爬山虎的嫩茎拉一把，使它紧贴在墙上。爬山虎就是这样一脚一脚地往上爬。如果你仔细看那些细小的脚，你会想起图画上蛟龙的爪子。

爬山虎的脚要是没触着墙，不几天就萎了，后来连痕迹也没有了。触着墙的，细丝和小吸盘逐渐变成灰色。不要瞧不起那些灰色的脚，那些脚巴在墙上相当牢固，要是你的手指不费一点劲儿，休想拉下爬山虎的一根茎。

1956年10月18日写毕

读与思

正所谓“少年情怀总是诗”，处于青少年时期的人总是怀揣着诗一样浪漫热烈的情怀。每个人都可以是诗人，一切美的事物、美的思想、美的情感都可以用作诗的材料，就看你能不能善于体验、留心观察。在生活中，你有没有发现哪些启示你的哲理呢？不妨和朋友交流一下。

牵牛花

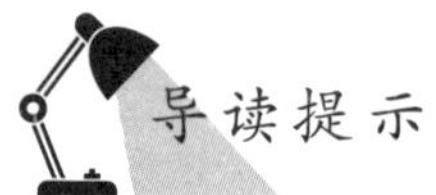

叶圣陶说，写作就是生活。这篇散文记叙的是作者在庭院里种牵牛花的过程，但行文之中并没有把焦点放在花朵身上，反而把文字放在了“藤蔓的嫩头”生长过程。这种细微观察像极了现在的延时摄影拍摄的作品，通篇读完仿佛看了一场生长的表演，也表达了对牵牛花旺盛的生命力的赞美。

如文所述，“但兴趣并不专在看花，种了这小东西，庭中就成为系人心情的所在”，文章最大的特点是别具魅力的语言，质朴、本色，如话家常，好像是闲居在家的老伯对你谈论种花的心得，貌似平淡，却意蕴悠长。

手种牵牛花，接连有三四年了。水门汀地没法下种，种在十来个瓦盆里。泥是今年又明年反复用着的，无从取得新的泥来加入，曾与铁路轨道旁种地的那个北方人商量，愿出钱向他买一点儿，他不肯。

从城隍庙的花店里买了一包过磷酸骨粉，掺和在每一盆泥里，这算代替了新泥。

瓦盆排列在墙脚，从墙头垂下十条麻线，每两条距离七八寸，让牵牛的藤蔓缠绕上去。这是今年的新计划，往年是把瓦盆摆在三尺光景高的木架子上的。这样，藤蔓很容易爬到了墙头；随后长出来的互相纠缠着，因自身的重量倒垂下来，但末梢的嫩条便又蛇头一般仰起，向上伸，与别组的嫩条纠缠，待不胜重量时重演那老把戏；因此墙头往往堆积着繁密的叶和花，与墙腰的部分不相称。今年从墙脚爬起，沿墙多了三尺光景的路程，或者会好一点儿；而且，这就将有一垛完全是叶和花的墙。

藤蔓从两瓣子叶中间引伸出来以后，不到一个月工夫，爬得最快的几株将要齐墙头了，每一个叶柄处生一个花蕾，像谷粒那么大，便转黄萎去。据几年来的经验，知道起头的一批花蕾是开不出来的；到后来发育更见旺盛，新的叶蔓比近根部的肥大，那时的花蕾才开得成。

今年的叶格外绿，绿得鲜明；又格外厚，仿佛丝绒剪成的。这自然是过磷酸骨粉的功效。他日花开，可以推知将比往年的盛大。

但兴趣并不专在看花，种了这小东西，庭中就成为系人心情的所在，早上才起，工毕回来，不觉总要在那里小立一会儿。那藤蔓缠着麻线卷上去，嫩绿的头看似静止的，并不动弹；实际却无时不回旋向上，在先朝这边，停一歇再看，它便朝那边了。前一晚只是绿豆般大一粒嫩头，早起看时，便已透出二三寸长的新条，缀一两张长满细白绒毛的小叶子，叶柄处是仅能辨认形状的小花蕾，而末梢又有了绿豆般大一粒嫩头。有时认着墙上斑驳痕想，明天未必便爬到那里吧；但出乎意外，明晨竟爬到了斑驳痕之上；好努力的一夜功夫！“生之力”不可得见；在这样小立静观的当儿，却默契了“生之力”了。渐渐地，浑忘意想，复何言说，只呆对着这一墙绿叶。

即使没有花，兴趣未尝短少；何况他日花开，将比往年盛大呢。

1931年9月20日发表

读与思

罗丹说，生活里从来不缺少美，只是缺少发现美的眼睛。如果细心观察，你会从我们身边最平常的事物上发现细微的美。所谓“观之入微，察之毫末”，只要我们用心观察，就能发现生活中的许多精彩。快来和朋友一起试一下吧。

看月

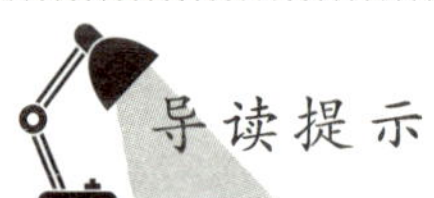

月亮，对于文人来说，也算是一个持续久远的题材。无论是五言绝句还是宋词清诗，均有无数佳作频现。此文虽为“看月”，实则是由“看月”触动了内心的各种回忆，并引发哲思、生出感叹，进而回忆往事，写了在不同地点与环境时的月亮的特点。

作者善用对比的写法，从视觉、嗅觉等方面写出了月色的迷人以及作者在月色中陶醉，达到忘我境界的感受。

这篇文章语言雅致优秀，结构紧凑精巧，人在景中，景融于人，情景交融。

住在上海“弄堂房子”里的人对于月亮的圆缺隐现是不甚关心的。所谓“天井”，不到一丈见方的面。至少十六支光的电灯每间里总得挂一盏。环境限定，不容你有关心到月亮的便利。走到路上，还没“断黑”已经一连串地亮了街灯。有月亮吧，就像多了一盏灯。没有月亮吧，犹如一盏街灯损坏了，没

有亮起来。谁留意这些呢?

去年夏天，我曾经说过不大听到蝉声，现在说起月亮，我又觉得许久不看见月亮了。只记得某夜夜半醒来，对窗的收音机已经沉寂，隔壁的“麻将”也歇了手，各家的电灯都已熄灭，一道象牙色的光从南窗透进来，把窗棂印在我的被袱上。我略微感到惊异，随即想到原来是月亮光。好奇地要看看月亮本身，我向窗外望。但是，一会儿月亮被云遮没了。

从北平来的人往往说在上海这地方怎么“呆”得住。一切都这样紧张，空气是这样龌龊，走出去很难得看见树木，诸如此类，他们可以举出一大堆。我想，月亮仿佛失掉了这一点，也该列入他们为上海“呆”不住的理由吧，假若如此，我倒并不同意。在生活的诸般条件里列入必须看月亮一项，那是没有理由的。清旷的襟怀和高远的想象力未必定须由对月而养成。把仰望的双眼移到地面，同样可以收到修养上的效益，而且更见切实。可是我并非反对看月亮，只是说即使不看也没有什么关系罢了。

最好的月色我也曾看过。那时在福州的乡下，地当闽江一折的那个角上。某夜，靠着楼栏直望。闽江正在上潮，受着月亮，成为水银的洪流。江岸诸山略微笼罩着雾气，好像不是平日看惯的那几座山了。月亮高高停在天空，非常舒泰的样子。从江岸直到我的楼下是一大片沙坪，月光照着，茫然一白，但带点儿青的意味。不知什么地方送来晚香玉的香气。也许是月亮的香气吧，我这么想。我心中不起一切杂念，大约历一刻钟之久，才回转身来。看见蛎粉墙上印着我的身影，我于是重又意识到了我。

那样的月色如果能得再看几回，自然是愉悦的事，虽然前面我说过“即使不看也没有什么关系”。

1933年9月1日发表

读与思

城市里霓虹灯太过耀眼，月亮总是显得那么微弱、不起眼。而在清幽的乡下，你才能看到高悬的明月，感受到“月亮的香气”。有时候，我们应该离开喧嚣的城市，选一处幽静之处，真正地看一看月亮，听一听内心的声音。你是否有同样的感受呢？和朋友讨论一下吧！

苏州园林

导读提示

《苏州园林》原是叶圣陶为香港的一家出版社出版的摄影集所做序言，之后因其传阅极高，渐渐成为叶圣陶先生的代表作之一。它像是一把钥匙，打开了苏州园林之美的奥秘之门。

作者从游览者的角度，概括出数量众多、各具匠心的苏州园林共同特点，进而从多方面进行说明。

语言准确简练，优美耐人寻味；结构严谨精巧；运用了比喻、排比、拟人等多种修辞手法。可以说是一篇结构精巧严谨的典范说明文。

一九五六年，同济大学出版陈从周教授编撰的《苏州园林》，园林的照片多到一百九十五张，全都是艺术的精品：这可以说是建筑界和摄影界的一个创举。我函购了这本图册，工作余闲翻开来看看，老觉得新鲜有味，看一回是一回愉快的享受。过了十八年，我开始与陈从周教授相识，才知道他还擅长绘画。他赠我好多幅松竹兰菊，全是佳作，笔墨之间透出神韵。我曾经填一阕《洞仙歌》谢他，上半专就他的《苏州园林》着笔，现在抄在这儿：“园林佳辑，已多年珍玩。拙政诸图寄深眷。想童时常与窗侣嬉游，踪迹遍山径楼廊汀岸。”

这是说《苏州园林》使我回想到我的童年。

苏州园林据说有一百多处，我到过的不过十多处。其他地方的园林我也到过一些。倘若要我说说总的印象，我觉得苏州园林是我国各地园林的标本，各地园林或多或少都受到苏州园林的影响。因此，谁如果要鉴赏我国的园林，苏州园林就不该错过。

设计者和匠师们因地制宜，自出心裁，修建成功的园林当然各个不同。可是苏州各个园林在不同之中有个共同点，似乎设计者和匠师们一致追求的是，务必使游览者无论站在哪个点上，眼前总是一幅完美的图画。为了达到这个目的，他们讲究亭台轩榭的布局，讲究假山池沼的配合，讲究花草树木的映衬，讲究近景远景的层次。总之，一切都要为构成完美的图画而存在，决不容许有欠美伤美的败笔。他们唯愿游览者得到“如在图画中”的实感，而他们的成绩实现了他们的愿望，游览者来到园里，没有一个不心里想着口头说着“如在图画中”的。

我国的建筑，从古代的宫殿到近代的一般住房，绝大部分是对称的，左边怎么样，右边也是怎么样。苏州园林可绝不讲究对称，好像故意避免似的。东边有了一个亭子或者一条回廊，西边决不会来一个同样的亭子或者一道同样的回廊。

这是为什么？我想，用图画来比方，对称的建筑是图案画，不是美术画，而园林是美术画，美术画要求自然之趣，是不讲究对称的。

苏州园林里都有假山和池沼。假山的堆叠可以说是一项艺术而不仅是技术。或者是重峦叠嶂，或者是几座小山配合着竹子花木，全在乎设计者和匠师们生平多阅历，胸中有丘壑，才能使游览者远望的时候仿佛观赏宋元工笔云山或者倪云林的小品，攀登的时候忘却苏州城市，只觉得在山间。至于池沼，大多引用活水。有些园林池沼宽敞，就把池沼作为全园的中心，其他景物配合着布置。水面假如成河道模样，往往安排桥梁。假如安排两座以上的桥梁，那就一座一个样，决不雷同。池沼或河道的边沿很少砌齐整的石岸，总是高低屈曲任其自然。还在那儿布置几块玲珑的石头，或者种些花草：这也是为了取得从各个角度看都成一幅画的效果。池沼里养着金鱼或各色鲤鱼，夏秋季节荷花或睡莲开放。游览者看“鱼戏莲叶间”，又是入画的一景。

苏州园林栽种和修剪树木也着眼在画意。高树与低树俯仰生姿。落叶树与常绿树相间，花时不同的多种花树相间，这就一年四季不感到寂寞。没有修剪得像宝塔那样的松柏，没有阅兵式似的道旁树：因为依据中国画的审美观点看，这是不足取的。有几个园里有古老的藤萝，盘曲嶙峋的枝干就是一幅好画。开花的时候满眼的珠光宝气，使游览者只感到无限的繁华和欢悦，可是没法细说。

游览苏州园林必然会注意到花墙和廊子。有墙壁隔着，有廊子界着，层次多了，景致就见得深了。可是墙壁上有砖砌的各式镂空图案，廊子大多是两边无所依傍的，实际是隔而不隔，界而未界，因而更增加了景致的深度。有几个园林还在适当的位置装上一面大镜子，层次就更多了，几乎可以说把整个园林翻了一番。

游览者必然也不会忽略另外一点，就是苏州园林在每一个角落都注意图画美。阶砌旁边栽几丛书带草。墙上蔓延着爬山虎或者蔷薇木香。如果开窗正对着白色墙壁，太单调了，给补上几竿竹子或几棵芭蕉。诸如此类，无非要游览者即使就极小范围的局部看，也能得到美的享受。

苏州园林里的门和窗，图案设计和雕镂琢磨功夫都是工艺美术的上品。大致说来，那些门和窗尽量工细而决不庸俗，即使简朴而别具匠心，四扇，八扇，十二扇，综合起来看，谁都要赞叹这是高度的图案美。摄影家挺喜欢这些门和窗，他们斟酌着光和影，摄成称心满意的照片。

苏州园林与北京的园林不同，极少使用彩绘。梁和柱子以及门窗栏杆大多漆广漆，那是不刺眼的颜色。墙壁白色。有些室内墙壁下半截铺水磨方砖，淡灰色和白色对称。屋瓦和檐漏

一律淡灰色。这些颜色与草木的绿色配合，引起人们安静闲适的感觉。而到各种花开的时节，却更显得各种花明艳照眼。

可以说的当然不止以上写的这些，病后心思体力还差，因而不再多写。我还没有看见风光画报出版社的这册《苏州园林》，既承嘱我作序，我就简略地说说我所想到感到的。我想这一册的出版是陈从周教授《苏州园林》的继续，里边必然也有好些照片可以与我的话互相印证的。

1979年初写毕

有人说“熟悉的地方无风景”，他们认为美丽的景色才叫风景，或者认为从来没有去过的地方、没有看过的景色才能称之为风景。但其实，只要用心观察和欣赏，身边处处都是风景。比如你每天上学经过的小花园，校园里的水池、小树林等等，都是美丽的风景，都能从中发现与众不同的美。你觉得呢？

生活

叶圣陶先生的创作一直践行“为人生”的艺术观，关注人的生活，探索人生的意义，并引导读者去勇于认识人生、战胜人生。

文中记述了当时几类中国人的生活状态，从乡镇的茶馆写到城市的茶社，尽管茶客们言谈举止、衣着装饰不尽相同，但他们都过着“和昨天和前月和去年和去年的去年全都一样”的无味生活。作者为此大呼“不值得”，批评和抨击了这种腐朽的人生观。

乡镇上有一种“来扇馆”，就是茶馆，客人来了，才把炉子里的火扇旺，炖开了水冲茶，所以得了这个名称。每天上午九十点钟的时候“来扇馆”却名不副实了，急急忙忙扇炉子还嫌来不及应付，哪里有客来才扇那么清闲？原来这个时候，镇上称为某爷某爷的先生们睡得酣足了，醒了，从床上爬起来，一手扣着衣扣，一手托着水烟袋，就光降到“来扇馆”里。泥土地上点缀着浓黄的痰，露筋的桌子上满缀着油腻和糕饼的细屑；苍蝇时飞时止，忽集忽散，像荒野里的乌鸦；狭条板凳有

的断了腿，有的裂了缝；两扇木板窗外射进一些光亮来。某爷某爷坐满了一屋子，他们觉得舒适极了，一口沸烫的茶使他们神清气爽，几管浓辣的水烟使他们精神百倍。于是一切声音开始散布开来：有的讲昨天的赌局，打出了一张什么牌，就赢了两底；有的讲自己的食谱，西瓜鸡汤下面，茶腿丁煮粥，还讲怎么做鸡肉虾仁水饺；有的讲本镇新闻，哪家女儿同某某有私情，哪家老头儿娶了个十五岁的侍妾；有的讲些异闻奇事，说鬼怪之事不可不信，不可全信。有几位不开口的，他们在那里默听，微笑，吐痰，吸烟，支颐，遐想，指头轻敲桌子，默唱三眼一板的雅曲。迷蒙的烟气弥漫一室，一切形一切声都像在云里雾里。午饭时候到了，他们慢慢地踱回家去。吃罢了饭依旧聚集在“来扇馆”里，直到晚上为止，一切和午前一样。岂止和午前一样，和昨天和前月和去年和去年的去年全都一样。他们的生活就是这样了！

城市里有一种茶社，比起“来扇馆”就像大辂之于椎轮了。有五色玻璃的窗，有仿西式的红砖砌的墙柱，有红木的桌子，有藤制的几和椅子，有白铜的水烟袋，有洁白而且洒上花露水的热的公用手巾，有江西产的茶壶茶杯。到这里来的先生们当然是非常大方，非常安闲，洪亮的语音表示上流人的声调，顾盼无禁的姿态表示绅士式的举止。他们的谈话和“来扇馆”里大不相同了。他们称他人不称“某老”就称“某翁”；报上的记载是他们谈话的资料，或表示多识，说明某事的因由，或好为推断，预测某事的转变；一个人偶然谈起了某一件事，这就是无穷的言语之藤的萌芽，由甲而及乙，由乙而及丙，一直蔓延到癸，癸和甲是绝不可能牵连在一席谈里的，然而竟牵连在一起了；看破世情的话常常可以在这里听到，他们说什么都没有意思都是假，某人干某事是“有所为而为”，某事的内幕是怎样怎样的；而赞誉某妓女称扬某厨司也占了谈话的一部分。他们或是三三两两同来，或是一个人独来；电灯亮了，坐客倦了，依旧三三两两同去，或是一个人独去。这都不足为奇，可怪的是明天来的还是这许多人；发出洪亮的语音，做出顾盼无禁的姿态还同昨天一样；称“某老”“某翁”，议论报上的记载，引长谈话之藤，说什么都没有意思都是假，赞美食色之欲，也还是重演昨天的老把戏！岂止是昨天的，也就是前月，去年，去年的去年的老把戏。他们的生活就是这样了！

上海的马路上，来来往往的，谁能计算他们的数目。车马的喧闹，屋宇的高大，相形之下，显出人们的混沌和微小。我们看蚂蚁纷纷往来，总不能相信他们是有思想的。马路上的行人和蚂蚁有什么分别呢？挺立的巡捕，挤满电车的乘客，忽然驰过的乘汽车者，急急忙忙横穿过马路的老人，徐步看玻璃窗内货品的游客，鲜衣自炫的妇女，谁不是一个蚂蚁？我们看蚂蚁个个一样，马路上的过客又哪里有各自的个性？我们倘若审视一会儿，且将不辨谁是巡捕，谁是乘客，谁是老人，谁是游客，谁是妇女，只见无数同样的没有思想的动物散布在一条大道上罢了。游戏场里的游客，谁不露一点笑容，露笑容的就是游客，正如黑而小的身体像蜂的就是蚂蚁。但是笑声里面，我

们辨得出哀叹的气息；喜愉的脸庞，我们可以窥见寒噤的颦蹙。何以没有一天马路上会一个动物也没有？何以没有一天游戏场里会找不到一个笑容？他们的生活就是这样了。

我们丢开优裕阶级欺人阶级来看，有许许多多人从红绒绳编着小发辫的孩子时代直到皮色如酱须发如银的暮年，老是耕着一块地皮，眼见地利确是生生不息的，而自己只不过做了一柄锄头或者一张犁耙！雪样明耀的电灯光从高大的建筑里放射出来，机器的声响均匀而单调，许多撑着倦眼的人就在这里做那机器的帮手。那些是生产的利人的事业呀，但是……他们的生活就是这样了！

一切事情用时行的话说总希望它“经济”，用普通的话说起来就是“值得”。倘若有一个人用一把几十位的大算盘，将种种阶级的生活结一个总数出来，大家一定要大跳起来狂呼“不值得”。觉悟到“不值得”的时候就好了。

1921年10月27日发表

生活的意义是什么？对于这个问题，每个人的回答可能都不尽相同，但唯一可以确定的是，要实现生活的意义就离不开努力和奋斗。只有通过努力和奋斗，我们才能收获自己理想中的生活，也只有努力和奋斗，我们在回首往事的时候才不会懊悔。你觉得生活的意义是什么？不妨和朋友讨论一下。

昆曲

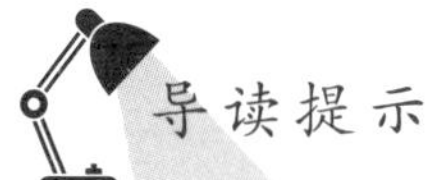

昆曲是中国最古老的剧种之一，也是中国传统文化艺术中的珍品。园林、昆曲是苏州艺术界的两大瑰宝，人们常说，园林是可以看的昆曲，昆曲是可以听的园林。

在叶圣陶的笔下，昆曲和园林一样精致、美妙，注重细节。它文化内涵丰富，唱词文白兼有；艺术表演精湛，歌舞并重，但作者也毫不避讳地谈及了它的局限。虽是一篇说明文，但客观严谨，又不失优美。

昆曲本是吴方言区域里的产物，现今还有人在那里传习。苏州地方，曲社有好几个。退休的官僚，现任的善堂董事，从课业练习簿的堆里溜出来的学校教员，专等冬季里开栈收租的中年田主少年田主，还有诸如此类的一些人，都是那几个曲社里的社员。北平并不属于吴方言区域，可是听说也有曲社，又有私家聘请了教师学习的，在太太们，能唱几句昆曲算是一种时髦。除了这些“爱美的”唱曲家偶尔登台串演以外，职业的演唱家只有一个班子，这是唯一的班子了，就是上海“大千世界”的“仙霓社”。逢到星期日，没有什么事来逼迫，我也偶尔跑去看他们演唱，消磨一个下午。

演唱昆曲是厅堂里的事。地上铺一方红地毯，就算是剧中的境界；唱的时候，笛子是主要的乐器，声音当然不会怎么响，但是在一个厅堂里，也就各处听得见了。搬上旧式的戏台去，即使在一个并不宽广的戏院子里，就不及京剧那样容易叫全体观众听清。如果搬上新式的舞台去，那简直没法听，大概坐在第五六排的人就只看见演员拂袖按鬓了。我不曾做过考据功夫，不知道什么时候开始有演唱昆曲的戏园子。从一些零星的记载看来，似乎明朝时候只有绅富家里养着私家的戏班子。《桃花扇》里有陈定生一班文人向阮大铖借戏班子，要到鸡鸣埭上去吃酒，看他的《燕子笺》，也可以见得当时的戏不过是几十个人看看罢了。我十几岁的时候，苏州城外有演唱京剧的戏院子两三家，演唱昆曲的戏园子是不常有的，偶尔开设起来，开锣不久，往往因为生意清淡就停闭了。

昆曲彻头彻尾是士大夫阶级的娱乐品，宴饮的当儿，叫养着的戏班子出来演几出，自然是满写意的。而那些戏本子虽然也有幽期密约，盗劫篡夺，但是总要归结到教忠教孝，劝贞劝节，神佛有灵，人力微薄，这就除了供给娱乐以外，对于士大夫阶级也尽了相当的使命。就文辞而言，据内行家说，多用辞

藻故实是不算稀奇的，要像元曲那样亦文亦话才是本色。但是，即使像了元曲，又何尝能够句句像口语一样听进耳朵就明白？再说，昆曲的调子有非常迂缓的，一个字延长到十几拍，那就无论如何讲究辨音，讲究发声跟收声，听的人总之难以听清楚那是什么字了。所以，听昆曲先得记熟曲文；自然，能够通晓曲文里的故实跟辞藻那就尤其有味。这又岂是士大夫阶级以外的人所能办到的？当初编撰戏本子的人原来不曾为大众设想，他们只就自己的天地里选一些材料，编成悲欢离合的故事，借此娱乐自己，教训同辈，或者发发牢骚。谁如果说昆曲太不顾到大众，谁就是认错了题目。

昆曲的串演，歌舞并重。舞的部分就是身体的各种动作跟姿势，唱到哪个字，眼睛应该看哪里，手应该怎样，脚应该怎样，都由老师傅传授下来，世代遵守着。动作跟姿势大概重在对称，向左方做了这么一个舞态，接下来就向右方也做这么一个舞态，意思是使台下的看客得到同等的观赏。譬如《牡丹亭》里的《游园》一出，杜丽娘小姐跟春香丫头就是一对舞伴，从闺中晓妆起，直到游罢回家止，没有一刻不是带唱带舞的，而且没有一刻不是两人互相对称的。这一点似乎比较平剧跟汉调来得高明。前年看见过一本《国剧身段谱》，详记平剧里各种角色的各种姿势，实在繁复非凡；可是我们去看平剧，就觉得演员很少有动作，如《李陵碑》里的杨老令公，直站在台上尽唱，两手插在袍甲里，偶尔伸出来挥动一下罢了。昆曲

虽然注重动作跟姿势，也要演员能够体会才好，如果不知道所以然，只是死守着祖传来表演，那就跟木偶戏差不多。

昆曲跟平剧在本质上没有多大差别，然而后者比较适合于市民，而士大夫阶级已无法挽救他们的没落，昆曲恐将不免于淘汰。这跟麻将代替了围棋，划拳代替了酒令，是同样的情形。虽然有曲社里的人在那里传习，然而可怜得很，有些人连曲文都解不通，字音都念不准，自以为风雅，实际上却是薛蟠那样的哼哼，活受罪，等到一个时会到来，他们再没有哼哼的余闲，昆曲岂不将就此“绝响”？这也没有什么可惜，昆曲原不过是士大夫阶级的娱乐品罢了。

有人说，还有大学文科里的“曲学”一门在。大学文科分门这样细，有了诗，还有词，有了词，还有曲，有了曲，还有散曲跟剧曲，有了剧曲，还有元曲研究跟传奇研究，我只有钦佩赞叹，别无话说。如果真是研究，把曲这样东西看作文学史里的一宗材料，还它个本来面目，那自然是正当的事。但是人的癖性往往会因为亲近了某种东西，生出特别的爱好心情来，以为天下之道尽在于此。这样，就离开“研究”二字不止十里八里了。我又听说某一所大学里的“曲学”一门功课，教授先生在教室里简直就教唱昆曲，教台旁边坐着笛师，笛声嘘嘘地吹起来，教授先生跟学生就一同嗳嗳嗳……地唱起来，告诉我的那位先生说这太不像话了，言下颇有点愤慨。我说，那位教授先生大概还没有知道，“仙霓社”的台柱子，有名的巾生顾

传玠，因为唱昆曲没前途，从前年起丢掉本行，进某大学当学生去了。

这一回又是望道先生出的题目。真是漫谈，对于昆曲一点儿也没有说出中肯的话。

1934年10月20日发表

读与思

优秀的文化需要传承，但如果不懂创新，一味墨守成规，反而显得死板，而且也会失去原有的精髓和韵味。在我们的学习中尤其如此，尽信书不如无书，在汲取书中营养的同时，也要拥有独立思考的能力，能从中得出自己的发现和结论。这样才能更好地消化书本上的知识。你说对吗？

牛

导读提示

《牛》是一篇极具现实意义的散文，作者通过对牛的形象的表述，把牛被奴役迫害的遭遇，详细表现出来。这对于当时的中国来说，有着非同一般的意义。叶圣陶的《牛》描述了牛因为“眼睛有点不同”而备受孩子们玩弄、甘被农夫们役使的情形。而当时的中国，积贫积弱，百姓的眼中却也没有任何活力和抗争的动力。此牛如国人，叶圣陶正是用这种方式来给人以力量，告诉人们统治者色厉内荏的虚假强势。牛的形象，是旧中国愚昧麻木的人们的象征。它剖析了被欺侮者失去自由的原因，也告诉人们统治者的本质实则虚弱。文章以小见大，意义深远。

在乡下住的几年里，天天看见牛。可是直到现在还像显现在眼前的，只有牛的大眼睛。冬天，牛拴在门口晒太阳。它躺着，嘴不停地磋磨，眼睛就似乎比忙的时候睁得更大。牛眼睛好像白的成分多，那是惨白。我说它惨白，也许为了上面网着一条条血丝。我以为这两种颜色配合在一起，只能用死者的寂静配合着吊丧者的哭声那样的情景来相模拟。牛的眼睛太大，又鼓得太高，简直到了使你害怕的程度。我进院子的时候经过牛身旁，总注意到牛鼓着的两只大眼睛在瞪着我。我禁不住想，它这样瞪着，瞪着，会猛地站起身朝我撞过来。我确实感到那眼光里含着恨。我也体会出它为什么这样瞪着我，总距离它远远的绕过去。有时候我留心看它将会有什么举动，可是只见它呆呆地瞪着，我觉得那眼睛里似乎还有别的使人看了不自在的意味。

我们院子里有好些小孩，活泼，天真，当然也顽皮。春天，他们扑蝴蝶。夏天，他们钓青蛙，谷子成熟的时候到处都有油蚱蜢，他们捉了来，在灶膛里煨了吃。冬天，什么小生物全不见了，他们就玩牛。

有好几回，我见牛让他们惹得发了脾气。它绕着拴住它的木桩子，一圈儿一圈儿的转。低着头，斜起角，眼睛打角底下瞪出来，就好像这一撞要把整个天地翻个身似的。

孩子们是这样玩的：他们一个个远远地站着，捡些石子，朝牛扔去。起先，石子不怎么大，扔在牛身上，那一搭皮肤马上轻轻地抖一下，像我们的嘴角动一下似的。渐渐的，捡来的石子大起来了，扔到身上，牛会掉过头来瞪着你。要是有个孩子特别胆大，特别机灵，他会到竹园里找来一根毛竹。伸得远远地去撩牛的尾巴，戳牛的屁股，把牛惹起火来。可是，我从未见过他们撩过牛的头。我想，即使是小孩，也从那双大眼睛看出使人不自在的意味了。

玩到最后，牛站起来了，于是孩子们轰的一声，四处跑散。这种把戏，我看得很熟很熟了。

有一回，正巧一个长工打院子里出来，他三十光景了，还像孩子似的爱闹着玩。他一把捉住个孩子，“莫跑，”他说，“见了牛都要跑，改天还想吃庄稼饭？”他朝我笑笑说，“真的，牛不消怕得，你看它有那么大吗？它不会撞人的。牛的眼睛有点不同。”

以下是长工告诉我的话。

“比方说，我们看见这根木头桩子，牛眼睛看来就像一根撑天柱。比方说，一块田十多亩，牛眼睛看来就没有边，没有沿。牛眼睛看出来的东西，都比原来大，大许多许多。看我们人，就有四金刚那么高，那么大。站到我们跟前它就害怕了，它不敢倔强，随便拿它怎么样都不敢倔强。它当我们只要两个指头就能捻死它，抬一抬脚趾拇就能踢它到半天云里，我们哈气就像下雨一样。那它就只有听我们使唤，天好，落雨，生田，熟田，我们要耕，它就只有耕，没得话说的。你先生说对不对，幸好牛有那么一双眼睛。不然的话，还让你使唤啊，那么大的一个，力气又蛮，踩到一脚就要痛上好几天。对了，我们跟牛，五个抵一个都抵不住。好在牛眼睛看出来，我们一个抵它十几个。”

以后，我进出院子的时候，总特意留心看牛的眼睛，我明白了另一种使人看着不自在的意味。那黄色的浑浊的瞳仁，那老是直视前方的眼光，都带着恐惧的神情，这使眼睛里的恨转成了哀怨。站在牛的立场上说，如果能去掉这双眼睛，成了瞎子也值得，因为得到自由了。

1946年12月21日发表

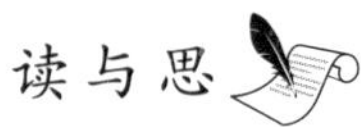

读与思

在我们的学习和生活中，难免会遇到困难和挫折。面对困难，有的人缺乏自信，不敢正视现实，在潜意识中夸大困难的力量，知难而退；有的人则勇于面对困难，迎难而上，积极地想办法去战胜困难。你愿意做哪一种人呢？不妨和朋友交流一下。

三种船

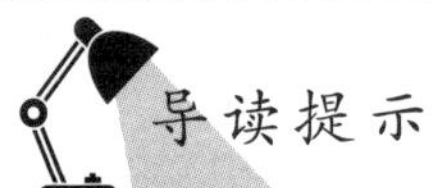

叶圣陶生在苏州，对于苏州的风土人情了如指掌。因为足够熟悉，他下起笔来自然从容、生动、流畅，不仅详细地描绘出了三种船——“快船”“当当船”“航船”的特点，船上各色人等的生活习惯以及风貌都描绘得淋漓尽致。

读来如同观赏一部5D电影，视觉、听觉、触觉等感官全部被打开，有一种身临其境之感。

一连三年没有回苏州去上坟了。今年秋天有点儿空闲，就去上一趟坟。上坟的意思无非是送一点钱给看坟的坟客，让他们知道某家的坟还没有到可以盗卖的地步罢了。上我家的坟得坐船去。苏州人上坟向来大都坐船，天气好，逃出城圈子，在清气充塞的河面上畅快地呼吸一天半天，确是非常舒服的事。这一趟我去，雇的是一条熟识的船。涂着的漆差不多剥光了，窗框歪斜，平板破裂，一副残败的样子。问起船家，果然，这条船几年没有上岸修理了。今年夏季大旱，船只好胶住在浅浅的河浜里，哪里还有什么生意，又哪里来钱上岸修理。就是往年，除了春季上坟，船也只有停在码头上迎晓风送夕阳的份儿。近年来到各乡各镇去，都有了小轮船，不然，可以坐绍兴人的“当当船”，也不比小轮船慢，而且价钱都很便宜。如果没有上坟这件事，苏州城里的船恐怕只能劈做柴烧了。而上坟的事大概是要衰落下去的，就像我，已经改变为三年上一趟坟了。

苏州城里的船叫作“快船”，与别地的船比起来，实在是并不快的。因为不预备经过什么长江大湖，所以吃水很浅，船底阔而平。除了船头是露天以外，分作头舱、中舱和艄篷三部分。头舱可以搭高，让人站直不至于碰头顶。两旁边各有两把或者三把小巧的靠背交椅，又有小巧的茶几。前檐挂着红绿的明角灯，明角灯又挂着红绿的流苏。踏脚的是广漆的平板，一般是六块，由横的直的木条承着。揭开平板，下面是船家的储藏库。中舱也铺着若干块平板，可是差不多贴着船底，所以从头舱到中舱得跨下一尺多。中舱两旁边是两排小方窗，上面的一排可以吊起来，第二排可以卸去，以便靠着船舷眺望。以前窗子都配上明瓦，或者在拼凑的明瓦中间镶这么一小方玻璃，后来玻璃来得多了，就完全用玻璃。中舱与头舱、艄篷分界处都有六扇书画小屏门，上方下方装在不同的几条槽里，要开要关，只需左右推移。书画大多是金漆的，无非“寒雨连江夜入吴”，“月落乌啼霜满天”以及梅兰竹菊之类。中舱靠后靠右搁着长板，供客憩坐。如果过夜，只要靠后多拼一两条长板，就可以摊被褥。靠左当窗放一张小方桌，方桌旁边四张小方凳。如果在小方桌上放上圆桌面，十来个人就可以聚餐。靠后靠右的长板以及头舱的平板都是座头，小方凳摆在角落里凑数。末了说到艄篷，那是船家整个的天地。艄篷同头舱一样，平板以下还有地位，放着锅灶碗橱以及铺盖衣箱种种东西。揭开一块平板，船家就蹲在那里切肉煮菜，此外是摇橹人站着摇橹的地方。橹左右各一把，每把由两个人服侍，一个当橹柄，一个当橹绳。船家如果有小孩，走不来的躺在困桶里，放在翘起的后艄，能够走的就让他在那里爬，拦腰一条绳拴着，系在篷柱上，以防跌到河里去。后艄的一旁露出四条棍子，一顺地斜并着，原来大概是护船的武器，后来转变成装饰品了。全船除着水的部分以外，窗门板柱都用广漆，所以没有其他船上常有的那种难受的桐油气味。广漆的东西容易擦干净，船旁边有的是水，只要船家不懒惰，船就随时可以明亮爽目。

从前，姑奶奶回娘家哩，老太太看望小姐哩，坐轿子嫌吃力，就唤一条快船坐了去。在船里坐得舒服，躺躺也不妨，又可以吃茶，吸水烟，甚至抽大烟。只是城里的河道非常脏，有人家倾弃的垃圾，有染坊里放出来的颜色水，淘米净菜洗衣服涮马桶又都在河旁边干，使河水的颜色和气味变得没有适当的字眼可以形容。有时候还浮着肚皮胀得饱饱的死猫或者死狗的

尸体。到了夏天，红里子白里子黄里子的西瓜皮更是洋洋大观。苏州城里河道多，有人就说是东方的威尼斯。威尼斯像这个样子，又何足羡慕呢？这些，在姑奶奶老太太等人是不管的，只要小天地里舒服，以外尽不妨马虎，而且习惯成自然，那就连抬起手来按住鼻子的力气也不用花。城外的河道宽阔清爽得多，到附近的各乡各镇去，或逢春秋好日子游山玩景，以及干那宗法社会里的重要事项——上坟，唤一条快船去当然最为开心。船家做的菜是菜馆比不上的，特称“船菜”。正式的船菜花样繁多，菜以外还有种种点心，一顿吃不完。非正式地做几样也还是精，船家训练有素，出手总不脱船菜的风格。拆穿了说，船菜所以好就在于只准备一席，小镬小锅，做一样是一样，汤水不混合，材料不马虎，自然每样有它的真味，叫人吃完了还觉得馋涎欲滴。倘若船家进了菜馆里的大厨房，大镬炒虾，大锅煮鸡，那也一定会有坍台的时候的。话得说回来，船菜既然好，坐在船里又安舒，可以眺望，可以谈笑，玩它个夜以继日，于是快船常有求过于供的情形。那时候，游手好闲的苏州人还没有识得“不景气”的字眼，脑子里也没有类似“不景气”的想头，快船就充当了适应时地的幸运儿。

除了做船菜，船家还有一种了不得的本领，就是相骂。相骂如果只会防御，不会进攻，那不算稀奇。三言两语就完，不会像藤蔓似的纠缠不休，也只能算次等角色。纯是常规的语法，不会应用修辞学上的种种变化，那就即使纠缠不休也没有什么精彩。船家与人家相骂起来，对于这三层都能毫无遗憾，当行出色。船在狭窄的河道里行驶，前面有一条乡下人的柴船或者什么船冒冒失失地摇过来，看去也许会碰撞一下，船家就用相骂的口吻进攻了："你瞎了眼睛吗？这样横冲直撞是不是去赶死？"诸如此类。对方如果有了反响，那就进展到纠缠不休的阶段，索性把摇橹撑篙的手停住了，反复再四地大骂，总之错失全在对方，所以自己的愤怒是不可遏制的。然而很少骂到动武，他们认为男人盘辫子女人扭胸脯不属于相骂的范围。这当儿，你得欣赏他们的修辞的才能。要举例子，一时可记不起来，但是在听到他们那些话语的时候，你一定会想，从没有想到话语可以这么说的，然而唯有这么说，才可以包含怨恨、刻毒，傲慢、鄙薄种种成分。编辑人生地理教科书的学者只怕没有想到吧，苏州城里的河道养成了船家相骂的本领。

他们的摇船技术是在城里的河道训练成功的，所以长处在于能小心谨慎，船与船擦身而过，彼此绝不碰撞。到了城外去，遇到逆风固然也会拉纤，遇到顺风固然也会张一扇小巧的布篷，可是比起别种船上的驾驶人来，那就不成话了。他们敢于拉纤或者张篷的时候，风一定不很大，如果真个遇到大风，他们就小心谨慎地回复你，今天去不成。譬如我去上坟必须经过石湖，虽然吴瞿安先生曾作诗说石湖"天风浪浪"什么什么以及"群山为我皆低昂"，实在是个并不怎么阔大的湖面，旁边只有一座很小的上方山，每年阴历八月十八，许多女巫都要上山去烧香的。船家一听说要过石湖就抬起头来看天，看有没有起风的意思。到进了石湖的时候，脸色不免紧张起来，说笑都停止了。听得船头略微有汩汩的声音，就轻轻地互相警戒，“浪头！浪头！”有一年我家去上坟，风在十点过后大起来，船家不好说回转去，就坚持着不过石湖。这一回难为了我们的腿，来回跑了二十里光景才上成了坟。

现在来说绍兴人的“当当船”。那种船上备着一面小铜锣，开船的时候当当敲起来，算是信号，中途经过市镇，又当当当当敲起来，招呼乘客，因此得了这奇怪的名称。我小时候，苏州地方没有那种船。什么时候开头有的，我也说不上来。直到我到角直去当教师，才与那种船有了缘。船停泊在城外，据传闻，是与原有的航船有过一番斗争的。航船见它来抢生意，不免设法阻止。但是“当当船”的船夫只知道硬干，你要阻止他们，他们就与你打。大概交过了几回手吧，航船夫知道自己不是那些绍兴人的敌手，也就只好用鄙夷的眼光看他们在水面上来去自由了。中间有没有立案呀登记这些手续，我可不清楚，总之那些绍兴人用腕力开辟了航线是事实。我们有一句话，“麻雀豆腐绍兴人”，意思是说有麻雀豆腐的地方也就有绍兴人，绍兴人与麻雀豆腐一样普遍于各地。试把“当当船”与航船比较，就可以证明绍兴人是生存斗争里的好角色，他们与麻雀豆腐一样普遍于各地，自有所以然的原因。这看了后文就知道，且让我把“当当船”的体制叙述一番。

“当当船”属于“乌篷船”的系统，方头，翘尾巴，穹形篷，横里只够两个人并排坐，所以船身特别见得长。船旁涂着绿釉，底部却涂红釉，轻载的时候，一道红色露出水面，与绿色作强烈的对照。篷纯黑色。舵或红或绿，不用，就倒插在船艄，上面歪歪斜斜标明所经乡镇的名称，大多用白色。全船的材料很粗陋，制作也将就，只要河水不至于灌进船里就成，横一条木条，竖一块木板，像破衣服上的补缀一样，那是不在乎的。我们上旁的船，总是从船头走进舱里去。上“当当船”可不然，我们常常踩着船边，从推开的两截穹形篷中间把身子挨进舱里去，这样见得爽快。大家既然不欢喜钻舱门，船夫有人家托运的货品就堆在那里，索性把舱门堵塞了。可是踩船边很要当心。西湖划子的活动不稳定，到过杭州的人一定有数，“当当船”比西湖划子大不了多少，它的活动不稳定也与西湖划子不相上下。你得迎着势，让重心落在踩着船边的那只脚上，然后另一只脚轻轻伸下去，点着舱里铺着的平板。进了舱你就得坐下来。两旁靠船边搁着又狭又薄的长板就是座位，这高出铺着的平板不过一尺光景，所以你坐下来就得耸起你的两个膝盖，如果对面也有人，那就实做“促膝”了。背心可以靠在船篷上，躯干最好不要挺直，挺直了头触着篷顶，你不免要起局促之感。先到的人大多坐在推开的两截穹形篷的空档里，这里虽然是出入要道，时时有偏过身子让人家的麻烦，却是个优越的位置，透气，看得见沿途的景物，又可以轮流把两

臂搁在船边，舒散舒散久坐的困倦。然而遇到风雨或者极冷的天气，船篷必须拉拢来，那位置也就无所谓优越，大家一律平等，埋没在含有恶浊气味的阴暗里。

“当当船”的船夫差不多没有四十以上的人，身体都强健，不懂得爱惜力气，一开船就拼命划。五个人分两边站在高高翘起船艄上，每人管一把橹，一手当橹柄，一手当橹绳。那橹很长，比旁的船上的橹来得轻而薄。当推出橹柄去的时候，他们的上身也冲了出去，似乎要跌到河里去的模样。接着把橹柄挽回来，他们的身子就往后顿，仿佛要坐下来似的。五把橹在水里这样强力地划动，船身就飞快地前进了。有时在船头加一把桨，一个人背心向前坐着，把它扳动，那自然又增加了速率。只听得河水活活地向后流去，奏着轻快的调子。船夫一边划船，一边随口唱绍兴戏，或者互相说笑，有猥亵的性谈，有绍兴风味的幽默谐语，因此，他们就忘记了疲劳，而旅客也得到了解闷的好资料。他们又喜欢与旁的船竞赛，看见前面有一条什么船，船家摇船似乎很努力，他们中间一个人发出号令说“追过它”，其余几个人立即同意，推呀挽呀分外用力，身子一会儿冲出去，一会儿倒仰过来，好像忽然发了狂。不多时果然把前面的船追过了，他们才哈哈大笑，庆贺自己的胜利，同时回复到原先的速率。由于他们划得快，比较性急的人都欢喜坐他们的船，譬如从苏州到甪直是“四九路”（三十六里），同样地划，航船要六个钟头，“当当船”只要四个钟头，早两钟头上岸，即使不想赶做什么事，身体究竟少受些拘束，何况船价同样是一百四十文，十四个铜板。（这是十五年前的价钱，现在总该增了。）

风顺，“当当船”当然也张风篷。风篷是破衣服、旧挽联、干面袋等等材料拼凑起来的，形式大多近乎正方。因为船身不大，就见得篷幅特别大，有点儿不相称。篷杆竖在船头舱门的地位，是一根并不怎么粗的竹头，风越大，篷杆越弯，把袋满了风的风篷挑出在船的一边。这当儿，船的前进自然更快，听着哗哗的水声，仿佛坐了摩托船。但是胆子小点儿的人就不免惊慌，因为船的两边不平，低的一边几乎齐水面，波浪大，时时有水花从舱篷的缝里泼进来。如果坐在低的一边，身体被动地向后靠着，谁也会想到船一翻自己就最先落水。坐在高的一边更得费力气，要把两条腿伸直，两只脚踩紧在平板上，才不至于脱离座位，跌扑到对面的人的身上去。有时候风从横里来，他们也张风篷，一会儿篷在左边，一会儿调到右边，让船在河面上尽画曲线。于是船的两边轮流地一高一低，旅客就好比在那里坐幼稚园里的跷跷板，“这生活可难受”，有些人这样暗自叫苦。然而“当当船”很少失事，风势真个不对，那些船夫还有硬干的办法。有一回我到甪直去，风很大，饱满的风篷几乎蘸着水面，虽然天气不好，因为船行非常快，旅客都觉得高兴，后来进了吴淞江，那里江面很阔，船沿着“上风头”的一边前进。忽然呼呼地吹来更猛烈的几阵风，风篷着了湿重

又离开水面。旅客连“哎哟”都喊不出来，只把两只手紧紧地支撑着舱篷或者坐身的木板。扑通，扑通，三四个船夫跳到水里去了。他们一齐扳住船的高起的一边，待留在船上的船夫把风篷落下来，他们才水淋淋地爬上船艄，湿了的衣服也不脱，拿起橹来就拼命地划。

说到航船，凡是摇船的跟坐船的差不多都有一种哲学，就是“反正总是一个到”主义。反正总是一个到，要紧做什么?到了也没有烧到眉毛上来的事，慢点儿也无啥。所以，船夫大多衔着一根一尺多长的烟管，闭上眼睛，偶尔想到才吸一口，一管吸完了，慢吞吞捻了烟丝装上去，再吸第二管。正同“当当船”相反，他们中间很少四十以下的人。烟吸畅了，才起来理一理篷索，泡一壶公众的茶。可不要当作就要开船了，他们还得坐下来谈闲天。直到专门给人家送信带东西的“担子”回了船，那才有点儿希望。好在坐船的客人也不要不紧，隔十多分钟二三十分钟来一个两个，下了船重又上岸，买点心哩，吃一开茶哩，又是十分或一刻，有些人买了烧酒豆腐干花生米来，预备一路独酌。有些人并没有买什么，可是带了一张源源不绝的嘴，还没有坐定就乱攀谈，挑选相当的对手。在他们，迟些儿到实在不算一回事，就是不到又何妨。坐惯了轮船火车的人去坐航船，先得做一番养性的功夫，不然，这种阴阳怪气的旅行，至少会有三天的闷闷不乐。

航船比“当当船”大得多，船身开阔，舱作方形，木制，

不像“当当船”那样只用芦席。艄篷也宽大，雨落太阳晒，船夫都得到遮掩。头舱中舱是旅客的区域。头舱要盘膝而坐。中舱横搁着一条条长板，坐在板上，小腿可以垂直。但是中舱有的时候要装货，豆饼菜油之类装满在长板下面，旅客也只得搁起了腿坐了。窗是一块块的板，要开就得卸去，不卸就得关上。通常两旁各开一扇，所以坐在舱里那种气味未免有点儿难受。坐得无聊，如果回转头去看艄篷里那几个老头子摇船，就会觉得自己的无聊才真是无聊，他们的一推一挽距离很小，仿佛全然不用力气，两只眼睛茫然望着岸边，这样地过了不知多少年月，把踏脚的板都踏出脚印来了，可是他们似乎没有什么无聊，每天还是走那老路，连一棵草一块石头都熟识了的路。两相比较，坐一趟船慢一点儿闷一点儿又算得什么。坐航船要快，只有巴望顺风。篷杆竖在头舱与中舱之间，一根又粗又长的木头。风篷极大，直拉到杆顶，有许多竹头横撑着，吃了风，巍然地推进，很有点儿气派。风最大的日子，苏州到甪直三点半钟就吹到了。但是旅客究竟是“反正总是一个到”主义者，虽然嘴里嚷着“今天难得”，另一方面却似乎嫌风太大船太快了，跨上岸去，脸上不免带点儿怅然的神色。遇到顶头逆风就停班，不像“当当船”那样无论如何总得用人力去拼。客人走到码头上，看见孤零零的一条船停在那里，半个人影儿也没有，知道是停班，就若无其事地回转身。风总有停的日子，那么航船总有开的日子。忙于寄信的我可不能这样安静，每逢

校工把发出的信退回来，说今天航船不开，就得担受整天的不舒服。

1934年12月20日发表

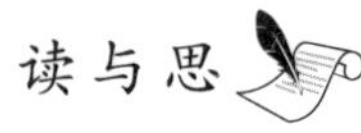

读与思

每个人的家乡都是独特的，在每个人的心里，都藏着关于家乡最熟悉的风景和事物。对于熟稔于心的东西总是有很多话想说，有很多感受想要抒发。你对家乡印象最深刻的事物有哪些呢？和朋友们交流一下吧。

记游洞庭的西山

这篇游记也是很好的写景散文。

作者按照时间的顺序，记录了游洞庭西山的过程。叙述条理清晰，层次分明，结构精巧；语言凝练明净、从容不迫。文章多用口语化的短句，就像平时谈话一样，不急不躁，娓娓道来。既清新，又写实，而且贴近读者，就像旅游活动本身是日常生活事件一样，如实记下来便可。

四月二十三日，我从上海回苏州，王剑三兄要到苏州玩儿，和我同走。苏州实在很少可以玩儿的地方，有些地方他前一回到苏州已经去过了，我只陪他看了可园，沧浪亭，文庙，植园以及顾家的怡园，又在吴苑吃了茶，因为他要尝尝苏州的趣味。二十五日，我们就离开苏州，往太湖中的洞庭西山。

洞庭西山周围一百二十里，山峰重叠。我们的目的地是南面沿湖的石公山。最近看到报上的广告，石公山开了旅馆，我们才决定到那里去。如果没有旅馆，又没有住在山上的熟人，那就食宿都成问题，洞庭西山是去不成的。

上午八点，我们出胥门，到苏福路长途汽车站候车。苏福路从苏州到光福，是商办的，现在还没有全线通车，只能到木渎。八点三刻，汽车到站，开行半点钟就到了木渎，票价两毛。经过了市街，开往洞庭东山的裕商小汽轮正将开行，我们买西山镇夏乡的票，每张五毛。轮行半点钟出胥口，进太湖。以前在无锡鼋头渚，在邓尉还元阁，只是望望太湖罢了，现在可亲身在太湖的波面，左右看望，混黄的湖波似乎尽量在那里涨起来，远处水接着天，间或界着一线的远岸或是断断续续的远树。晴光照着远近的岛屿，淡蓝，深翠，嫩绿，色彩不一，眼界中就不觉得单调，寂寞。

十二点一刻到达西山镇夏乡，我们跟着一批西山人登岸。这里有码头，不像先前经过的站头，登岸得用船摆渡。码头上有人力车，我们不认识去石公山的路，就坐上人力车，每辆六毛。和车夫闲谈，才知道西山只有十辆人力车，一般人往来难得坐的。车在山径中前进，两旁尽是桑树茶树和果木，满眼的苍翠，不常遇见行人，真像到了世外。果木是柿、橘、梅、杨梅、枇杷。梅花开的时候，这里该比邓尉还要出色。杨梅干枝高大，屈伸有姿态，最多画意。下了几回车，翻过了几座不很高的岭，路就围在山腰间，我们差不多可以抚摩左边山坡上那些树木的顶枝。树木以外就是湖面，行到枝叶茂密的地方，湖面给遮没了，但是一会儿又露出来了。

十二点三刻，我们到了石公饭店。这是节烈祠的房子，五间带厢房，我们选定靠西的一间地板房，有三张床铺，价两元。节烈祠供奉全西山的节烈妇女，门前一座很大的石牌坊，密密麻麻刻着她们的姓氏。隔壁石公寺，石公山归该寺管领。除开一祠一寺，石公山再没有房屋，唯有树木和山石而已。这里的山石特别玲珑，从前人有评石三字诀叫作“皱，瘦，透”，用来品评这里的山石，大部分可以适用。人家园林中有了几块太湖石，游人就徘徊不忍去，这里却满山的太湖石，而且是生着根的，而且有高和宽都达几十丈的，真可以称大观了。

饭店里只有我们两个客，饭菜没有预备，仅能做一碗开阳蛋汤。一会儿茶房高兴地跑来说，从渔人手里买到了一尾鲫鱼，而且晚饭的菜也有了，一小篮活虾，一尾很大的鲫鱼。问可有酒，有的。本山自制，也叫竹叶青。打一斤来尝尝，味道很清，只嫌薄些。

吃罢午饭，我们出饭店，向左边走，大约百步，到夕光洞。洞中有倒挂的大石，俗名倒挂塔。洞左右壁上刻着明朝人王鏊所写的“寿”字，笔力雄健。再走百多步，石壁绵延很宽广，题着“联云幛”三个篆字。高头又有“缥缈云联”四字，清道光间人罗绮的手笔。从这里向下到岸滩，大石平铺，湖波激荡，发出汩汩的声音。对面青青的一带是洞庭东山，看来似乎不很远，但是相距十八里呢。这里叫作明月浦，月明的时候来这里坐坐，确是不错。我们照了相，回到山上，从所谓一线天的裂缝中爬到山顶。转向南往下走，到来鹤亭。下望节烈祠和石公寺的房屋，整齐，小巧，好像展览会中的建筑模型。再往下有翠屏轩。出石公寺向右，经过节烈祠门首，到归云洞。洞中供奉山石雕成的观音像，比人高两尺光景，气度很不坏，可惜装了金，看不出雕凿的手法。石公全山面积一百八十多亩，高七十多丈，不过一座小山罢了，可是山石好，树木多，就见得丘壑幽深，引人入胜。

回饭店休息了一会儿，我们雇一条渔船，看石公南岸的滩面。滩石下面都有空隙，波涛冲进去，作鸿洞的声响，大约和石钟山同一道理。渔人问还想到哪里去，我们指着南面的三山说，如果来得及回来，我们想到那边去。渔人于是张起风帆来。横风，船身向右侧，船舷下水声哗哗哗。不到四十分钟，就到了三山的岸滩。那里很少大石，全是磨洗得没了棱角的碎石片。据说山上很有些殷实的人家，他们备有枪械自卫，子弹埋在岸滩的芦苇丛中，临时取用，只他们自己有数。我们因为时光已晚，来不及到乡村里去，只在岸滩照了几张照片，就迎着落日回船。一个带着三弦的算命先生要往西山去，请求附载，我们答应了。这时候太阳已近地平线，黄水染上淡红，使人起苍茫之感。湖面渐渐升起烟雾，风力比先前有劲，也是横风，船身向左侧，船舷下水声哗哗哗，更见爽利。渔人没事，

请算命先生给他的两个男孩子算命。听说两个都生了根，大的一个还有贵人星助命，渔人夫妻两个安慰地笑了。船到石公山，天已全黑。坐船共三小时，付钱一块二毛。饭店里特地为我们点了汽油灯，喝竹叶青，吃鲫鱼和虾仁，还有咸芥菜，味道和白马湖出品不相上下。九时熄灯就寝。听湖上波涛声，好似风过松林，不久就入梦。

二十六日早上六时起身。东南风很大，出门望湖面，皱而暗，随处涌起白浪花。吃过早餐，昨天约定的人力车来了，就离开饭店，食宿小账共计六块多钱。沿昨天来此的原路，我们向镇夏乡而去。淡淡的阳光渐渐透出来，风吹树木，满眼是舞动的新绿。路旁遇见采茶妇女，身上各挂一只篾篓，满盛采来的茶芽。据说这是今年第二回采摘，一年里头，不过采摘四五回罢了。在镇夏乡寄了信，走不多路，到林屋洞，洞口题“天下第九洞天”六个大字。据说这个洞像房屋那样有三进，第一进人可以直立，第二三进比较低，须得曲身而行。再往里去，直通到湖广。凡有山洞处，往往有类似的传说，当然不足凭信。再走四五里，到成金煤矿，遇见一个姓周的工头，峄县人，和剑三是大同乡，承他告诉我们煤矿的大概，这煤矿本来用土法开采，所出烟煤质地很好，运到近处去销售，每吨价六七块钱，比远来的煤便宜得多，现在这个矿归利民矿业公司经营，占地一万七千亩。目前正在开凿两口井，一口深十七丈，又一口深三十丈，彼此相通。一个月以后开凿成功，就可

以用机器采煤了。他又说，西山上除开这里，矿产还很多呢。他四十三岁，和我同年，跑过许多地方，干了二十来年的煤矿，没上过矿业学校全凭实际得来的经验，谈吐很爽直，见剑三是同乡，殷勤的情意流露在眉目间。剑三给他照了个相，让他站在他亲自开凿的井旁边。回到镇夏乡正十一点。付人力车价，每辆一块二毛半。在面馆吃了面，买了本山的碧螺春茶叶，上小茶楼喝了两杯茶，向附近的山径散步了一会儿，这才挨到午后两点半。裕商小汽轮靠着码头，我们冒着狂风钻进舱里，行到湖心，颠簸摇荡，仿佛在海洋里。全船的客人不由得闭目垂头，现出困乏的神态。

1936年5月5日发表

叶圣陶说过："生活如泉源，文章如溪水，泉源丰富而不枯竭，溪水自然活泼地流个不歇。"作家笔下的一草一木、一山一水，全都来自于我们的生活，来自于对事物细心的观察和描绘。在你身边有没有值得描绘一番的景物呢？不妨和朋友讨论一下。

记金华的两个岩洞

作者写这篇文章的时候已经63岁了，这样的年龄，阅历和见识自然广博，往往会有淡泊宁静、返璞归真的心境。

散文里几乎没有形容词和比喻句，也缺少抒情和警句，它值得称道的地方是平实的语言和从容的叙述，无不透出真切的感受和意味。文中引经据典，不仅给读者一种历史感，同时也增加了游记的文化品位。

今年四月十四日，我在浙江金华，游北山的两个岩洞，双龙洞和冰壶洞。洞有三个，最高的一个叫朝真洞，洞中泉流跟冰壶、双龙上下相贯通，我因为足力不济，没有到。

出金华城大约五公里到罗甸。那里的农业社兼种花，种的是茉莉、白兰、珠兰之类，跟我们苏州虎丘一带相类，但是种花的规模不及虎丘大。又种佛手，那是虎丘所没有的。据说佛手要那里的土培植，要双龙泉水灌溉，才长得好，如果移到别

处，结成的佛手就像拳头那么一个，没有长长的指头，不成其为“手”了。

过了罗甸就渐渐入山。公路盘曲而上，工人正在填石培土，为巩固路面加工。山上几乎开满映山红，比较盆栽的杜鹃，无论花朵和叶子，都显得特别有精神。油桐也正开花，这儿一丛，那儿一簇，很不少。我起初以为是梨花，后来认叶子，才知道不是。丛山之中有几脉，山上砂土作粉红色，在他处似乎没有见过。粉红色的山，各色的映山红，再加上或深或淡的新绿，眼前一片明艳。

一路迎着溪流。随着山势，溪流时而宽，时而窄，时而缓，时而急，溪声也时时变换调子。入山大约五公里就到双龙洞口，那溪流就是从洞里出来的。

在洞口抬头望，山相当高，突兀森郁，很有气势。洞口像桥洞似的作穹形，很宽。走进去，仿佛到了个大会堂，周围是石壁，头上是高高的石顶，在那里聚集一千或是八百人开个会，一定不觉得拥挤。泉水靠着洞口的右边往外流。这是外洞，因为那边还有个洞口，洞中光线明亮。

在外洞找泉水的来路，原来从靠左边的石壁下方的孔隙流出。虽说是孔隙，可也容得下一只小船进出。怎样小的小船呢？两个人并排仰卧，刚合适，再没法容第三个人，是这样小的小船。船两头都系着绳子，管理处的工友先进内洞，在里边拉绳子，船就进去，在外洞的工友拉另一头的绳子，船就出来。我怀着好奇的心情独个儿仰卧在小船里，遵照人家的嘱咐，自以为从后脑到肩背，到臀部，到脚跟，没一处不贴着船底了，才说一声“行了”，船就慢慢移动。眼前昏暗了，可是还能感觉左右和上方的山石似乎都在朝我挤压过来。我又感觉要是把头稍微抬起一点儿，准会撞破了额角，擦伤了鼻子。大约行了二三丈的水程吧（实在也说不准确），就登陆了，那就到了内洞。要不是工友提着汽油灯，内洞真是一团漆黑，什么都看不见。即使有了汽油灯，还只能照见小小的一搭地方，余外全是昏暗，不知道有多么宽广。工友以导游者的身份，高高举起汽油灯，逐一指点内洞的景物。首先当然是蜿蜒在洞顶的双龙，一条黄龙，一条青龙。我顺着他的指点看，有点儿像。其次是些石钟乳和石笋，这是什么，那是什么，大都依据形状想象成仙家、动物以及宫室、器用，名目有四十多。这是各处岩洞的通例，凡是岩洞都有相类的名目。我不感兴趣，虽然听了，一个也没有记住。

有岩洞的山大多是石灰岩。石灰岩经地下水长时期的浸蚀，形成岩洞。地下水含有碳酸，石灰岩是碳酸钙，碳酸钙遇着水里的碳酸，就成酸性碳酸钙。酸性碳酸钙是溶解于水的，这是岩洞形成和逐渐扩大的缘故。水渐渐干的时候，其中碳酸分解成水和二氧化碳气跑走，剩下的又是固体的碳酸钙。从洞顶下垂，凝成固体的，就是石钟乳，点滴积累，凝结在洞底的，就是石笋，道理是一样的。唯其如此，凝成的形状变化多

端，再加上颜色各异，即使不比做什么什么，也就值得观赏。

在洞里走了一转，觉得内洞比外洞大得多，大概有十来进房子那么大。泉水靠着右边缓缓地流，声音轻轻的。上源在深黑的石洞里。

查《徐霞客游记》，霞客在崇祯九年（一六三六年）十月初十日游三洞。郁达夫也到过，查他的游记，是一九三三年十一月十二日。达夫游记说内洞石壁上“唐宋人的题名石刻很多，我所见到的，以庆历四年的刻石为最古。……清人题壁，则自乾隆以后绝对没有了，盖因这里洞，自那时候起，为泥沙淤塞了的缘故”。达夫去的时候，北山才经整理，旧洞新辟。到现在又是二十多年了，最近北山再经整理，公路修起来了，休憩茶饭的所在布置起来了，外洞内洞收拾得干干净净。我去的那一天是星期日，游人很不少，工人、农民、干部、学生都有，外洞内洞闹哄哄的，要上小船得排队等候好一会儿。这种景象，莫说徐霞客，假如达夫还在人世，也一定会说二十年前决想不到。

我排队等候，又仰卧在小船里，出了洞。在外洞前边休息了一会儿，就往冰壶洞。根据刚才的经验，知道洞里潮湿，穿布鞋非但容易湿透，而且把不稳脚。我就买一双草鞋，套在布鞋上。

从双龙洞到冰壶洞有石级。平时没有锻炼，爬了三五十级就气呼呼的，两条腿一步重一步了，两旁的树木山石也无心看了。爬爬歇歇直到冰壶洞口，也没有数一共多少级，大概有三四百级吧。洞口不过小县城的城门那么大，进了洞就得往下走。沿着石壁凿成石级，一边架设木栏杆以防跌下去，跌下去可真不是玩儿的。工友提着汽油灯在前边指导，我留心脚下，踩稳一脚再挪动一脚，觉得往下走也不比向上爬轻松。

忽然听见水声了，再往下没有多少步，声音就非常大，好像整个洞里充满了轰轰的声音，真有逼人的气势，就看见一挂瀑布从石隙吐出来，吐出来的地方石势突出，所以瀑布全部悬空，上狭下宽，高大约十丈。身在一个不知道多么大的岩洞里，凭汽油灯的光平视这飞珠溅玉的形象，耳朵里只听见它的轰轰，脸上手上一阵阵地沾着飞来的细水滴，这是平生从未经历的境界，当时的感受实在难以描述。

再往下走几十级，瀑布就在我们上头，要抬头看了。这时候看见一幅奇景，好像天蒙蒙亮的辰光正下急雨，千万枝银箭直射而下，天边还留着几点残星。这个比拟是工友说给我听的，听了他说的，抬头看瀑布，越看越有意味。这个比拟比较把石钟乳比作狮子和象之类，意境高得多了。

在那个位置上仰望，瀑布正承着洞口射进来的光，所以不须照灯，通体雪亮，所谓残星，其实是白色石钟乳的反光。

这个瀑布不像一般瀑布，底下没有潭，落到洞底就成伏流，是双龙洞泉水的上源。

现在把徐霞客记冰壶洞的文句抄在这里，以供参证。“洞

门仰如张吻。先投杖垂炬而下，滚滚不见其底。乃攀隙倚空入。忽闻水声轰轰，秉炬从之，则洞之中央，一瀑从空下坠，冰花玉屑，从黑暗处耀成洁彩。水穴石中，莫稔所去。乃依炬四穷，其深陷逾朝真，而屈曲少逊。”

1957年10月25日作

读与思

“读万卷书，行万里路”，从小到大，我们可能已经游览过祖国很多的大好河山，美丽的景观不仅让人心醉神迷，也能学到很多书本上学不到的知识。所以，我们要认真呵护大自然给予我们的慷慨的馈赠，爱护大自然，保护生态环境，让我们的世界变得越来越好。你说对吗？

叶圣陶

为人为文皆『一本真诚』

叶圣陶，原名叶绍钧，字秉臣，笔名有叶锦、圣陶、斯提、桂山、秉丞、郢生等，1894年10月28日生于江苏苏州，现代作家、教育家、出版家和社会活动家，有“优秀的语言艺术家”之称。

1894年，叶绍钧出生于苏州，青年考入草桥中学并毕业后，多年任小学教员、国文教员的工作，还有编写小学国文课本的经验，还曾参与教学改革，一线教学经验十分丰富，对教育界状况和知识分子情态了解甚深，为此后创作奠定了丰厚的生活基础。

在教学的同时，叶圣陶开始进行文学创作，最初进行文言文创作，后转为白话文。这样从创作文言文到白话文的转变，鲁迅、刘半农等作家也都曾经历过。1911年，从叶绍钧改名为叶圣陶。1921年，周作人、沈雁冰、郑振铎等人发起成立“文学研究会”，叶圣陶是“文学研究会”最初发起12人中的一个，举起“为人生”的现实主义文学旗帜。五卅运动时期，叶圣陶与胡愈之等人创办《公理日报》，进行反帝爱国宣传，后又主编中国济难会的《光明》半月刊。

在新文学运动的初期，叶圣陶就创作了很多小说作品，有小说《隔膜》《火灾》《线下》《城中》诸集，叶圣陶在创作中关注小市民和妇女命运、憧憬人生的“美”与“爱”、思考知识分子道路。早年间，他的《穷愁》等文言小说就显示出他对下层人民苦难生活的关心，1918年创作白话小说之后，接连创作了《这也是一个人？》（后改名《一生》）《低能儿》《隔膜》等作品。和很多现代文学作家相似，叶圣陶也希望文学艺术能带来洗涤人心、催人觉醒的力量，并在展现社会问题时启发民智，戳破封建制度的虚伪与压迫。

叶圣陶很善于在小说里表现人与人之间的“隔膜”。《隔膜》表现的是人与人之间在精神上的无法沟通，在表面上又不得不虚伪、无聊地相互敷衍，而这又成为一种痛苦反噬着每个人。《一个朋友》里的夫妻，尽管生活在一起，思想上、感情上却没有沟通。《苦菜》这篇作品把农民和知识分子这两大主体放在同一篇文章中审视，这两大主体是新文学运动中重要的表现内容，但叶圣陶展现的是强烈的对比，农民把辛苦劳作看作维持生计的无奈之举，只感觉到沉重的痛苦，但知识分子却认为种菜有一种趣味性的喜悦，两者之间存在巨大的反差。

伤感、苦闷的基调是现代小说初期的一大特色，很多作家都在通过文字探讨社会存在的问题，面对社会困境自然就携带了感伤的情怀，这类小说也被称为“问题小说”，叶圣陶的作品是其中重要的一部分。但相比于同时期的其他作家，叶圣陶的风格更加冷静，也更为平实。描写城镇小市民、小知识分子时，他明显采用了批判的立场，其创作经过作者的深思熟虑，着意于揭示描写对象在精神上的病态。

茅盾曾高度评价叶圣陶的作品：“要是有人问道：第一个‘十年’中反映着小市民知识分子的灰色生活的，是哪一位作家的作品呢？我的回答是叶绍钧！”用茅盾的话说，叶圣陶在“冷静地谛视人生，客观的、写实的描写着灰色卑琐的人生”。叶圣陶的作品也成为当时文坛中独放异彩的篇章。

叶圣陶前期著作颇丰，标志着他风格成熟的前期代表性作品是《潘先生在难中》。这是叶圣陶于1925年发表的小说，其主人公潘先生是个典型的小市民形象。为了躲避战乱，潘先生从乡下来到上海，还担心自己被教育局局长斥责失职而丢掉饭碗，最后又返回了乡镇。最终，战争并未危及乡镇，潘先生就为凯旋的军阀歌功颂德。这篇短篇小说成功塑造了一个投机取巧又畏缩惊惧的小人物，潘先生也成了畏头畏尾的小人物的典型，在这一点上，叶圣陶表现出了和鲁迅相似的国民性批判的视角。而在写作上，他的讽刺喜剧的写作手法也令人叹服，辛辣中包含着极强的洞察力，语言文字又朴素不怪诞。

与此同时，叶圣陶还开创了现代童话创作这一类文学内容，童话集《稻草人》和《古代英雄的石像》，文字全然不同于问题小说中的冷静平实，而是带有清新优美的文风，想象力丰富，还有些许诗意。在这些优美的文字中，叶圣陶还能将美丑的价值观蕴藏其中，十分难得。叶圣陶还有散文合集《剑鞘》，文风淡雅，阅读叶圣陶不同体裁的作品是一件很有趣的事情，每一种体裁呈现的都是他不同的侧面。

在诗歌方面，叶圣陶同样有所建树。1922年，他与朱自清等创办了新文学史上第一个诗刊《诗月刊》。1923年至1937年间，叶圣陶先后任上海商务印书馆和开明书店编辑，参与编辑文学研究会刊物《小说月报》《文学旬刊》和《中学生》《文学》等杂志，施展他作为文学编辑的眼光。他这期间创作的短篇小说、童话多收入《未厌集》《四三集》，散文多收入《脚步集》《未厌居习作》。

1928年，叶圣陶在《教育杂志》上连载长篇小说《倪焕之》，这是叶圣陶的另一部代表作。创作这部作品时，叶圣陶还是商务印书馆的编辑，同为商务印书馆编辑的几位同事谈起，想在《教育杂志》中连载一种与教育相关的小说，反映教育界的现状，也表明他们的教育观。这几位编辑认为叶圣陶是最佳人选，叶圣陶也欣然应允。叶圣陶在创作中调动了很多早年从事教育的生活经验和感情积累，也从朋友处得到一些素

材。因为要连载的关系，叶圣陶每个月都要交出两章内容，当时叶圣陶就白天到商务印书馆从事编辑工作，改稿校对，晚上回家挑灯写作，完成了这部著名的长篇小说。

《倪焕之》的主人公倪焕之是一个小资产阶级知识分子，青年时期在上海附近的乡镇小学任教。他与几位志同道合的朋友进行教育改革，想把学生的学习与农业劳动、手工劳动结合起来，但收效甚微，甚至被恶势力利用，引发群众的反对。倪焕之陷入苦闷，最后在革命者王乐山的帮助下认识到了失败的原因，决定参加社会革命。此时正是上海五卅爱国运动时期，倪焕之参加革命，还投入了革命的洪流中，但面对反动派的血腥屠杀，倪焕之又悲观又绝望，最后患病死去。在这部小说中，叶圣陶再现了知识分子在历史巨变中的生活轨迹变化，也揭示了当时教育界的乱象，是一部很有社会意义的现实主义作品。

九一八事变后，叶圣陶参加发起成立“文艺界反帝抗日大联盟”。抗日战争时期，他辗转苏州、武汉、成都、重庆，最后回到上海，始终从事编辑出版工作和爱国宣传。在四川时，他继续主持开明书店编辑工作，同时还参加发起成立“文艺界抗敌后援会”。1939年，叶圣陶任中华全国文艺界抗敌协会理事。1946年回到上海后，担任中华全国文艺界协会总务部主任及上海市小学教师联合进修会和中学教育研究会的顾问。

自20世纪20年代至40年代，叶圣陶无论在什么环境下，

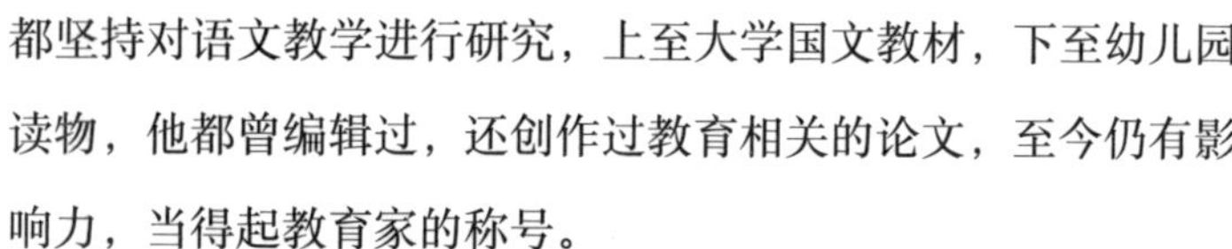

都坚持对语文教学进行研究，上至大学国文教材，下至幼儿园读物，他都曾编辑过，还创作过教育相关的论文，至今仍有影响力，当得起教育家的称号。

1949年，叶圣陶到达北平，担任华北人民政府教科书编审委员会主任。1949年后，先后出任教育部副部长、人民教育出版社社长和总编辑、中华全国文学艺术界联合委员会委员等职务。1988年2月16日在北京逝世，享年94岁。

在现代作家中，叶圣陶是一位德高望重的人物，他创作秉承真诚的理念，对待人也是一样的真诚，使人如沐春风。正如茅盾对他文章和人格的评价："你要从他作品中找寻惊人的事，不一定有；然而即在初无惊人处，有他的那种净化升华人的品性的力量。"

叶圣陶年表

- 1894年，出生于苏州。
- 1907年，考入草桥中学，毕业后任小学教师。
- 1911年11月，改为现名叶圣陶。
- 1921年1月4日，文学研究会在北京召开成立会，发起人有郑振铎、叶绍钧、沈雁冰、王统照、许地山、耿济之、周作人、郭绍虞等十二人。
- 1922年1月，叶圣陶等主持《诗》月刊创刊。同年，出版短篇小说集《隔膜》，与周作人、朱自清等合著新诗集《雪朝》出版。
- 1923年，短篇小说集《火灾》出版。

- 1924年，短篇小说集《线下》出版。
- 1928年，开始连载长篇小说《倪焕之》。次年，《倪焕之》出版。
- 1931年，出版童话集《古代英雄的石像》，散文、小说集《脚步集》。九一八事变后，发起成立“文艺界反帝抗日大联盟”。
- 1949年，到达北平，担任华北人民政府教科书编审委员会主任。
- 1949年后，先后出任教育部副部长、人民教育出版社社长和总编辑、中华全国文学艺术界联合委员会委员等职务。
- 1983年当选为第六届全国政协副主席。
- 1988年2月16日在北京逝世，享年94岁。

图书在版编目（CIP）数据

叶圣陶精读 / 叶圣陶著. -- 兰州 : 读者出版社，2022.2
（大家经典导读 / 谢冕主编）
ISBN 978-7-5527-0661-1

Ⅰ. ①叶… Ⅱ. ①叶… Ⅲ. ①叶圣陶（1894-1988）—文学欣赏 Ⅳ. ①I206.7

中国版本图书馆CIP数据核字（2021）第244274号

大家经典导读·叶圣陶精读
谢　冕　主编
解玺璋　副主编
叶圣陶　著

总 策 划　禹成豪　曹文静
责任编辑　漆晓勤
封面设计　万　聪

出版发行　读者出版社
地　　址　兰州市城关区读者大道568号（730030）
邮　　箱　readerpress@163.com
电　　话　0931-2131529（编辑部）　0931-2131507（发行部）

印　　刷　朗翔印刷（天津）有限公司
规　　格　开本 880 毫米 × 1230 毫米　1/32
　　　　　印张 8　字数 178 千
版　　次　2022 年 2 月第 1 版
　　　　　2022 年 2 月第 1 次印刷
书　　号　ISBN 978-7-5527-0661-1
定　　价　49.80元
